Copyright © Gabriel Bernardo, 2019
Copyright © Editora Planeta do Brasil, 2019
Todos os direitos reservados.

Preparação: Fernanda França
Revisão: Olívia Tavares e Fernanda Guerriero Antunes
Projeto gráfico: Jussara Fino
Diagramação: Vivian Oliveira
Ilustrações de capa e miolo: Clayton Inlôco
Capa: departamento de criação da Editora Planeta do Brasil

DADOS INTERNACIONAIS DE CATALOGAÇÃO NA PUBLICAÇÃO (CIP)
ANGÉLICA ILACQUA CRB-8/7057

Bernardo, Gabriel
  Os herdeiros das sete pedras / Gabriel Nerd Land e Dani Luquetta. – São Paulo: Planeta, 2019.
  192 p.

ISBN: 978-85-422-1787-2

1. Ficção brasileira I. Título

19-2050   CDD B869.3

ÍNDICE PARA CATÁLOGO SISTEMÁTICO:
1. Ficção brasileira

2019
Todos os direitos desta edição reservados à
Editora Planeta do Brasil Ltda.
Rua Bela Cintra, 986, 4º andar – Consolação
São Paulo – SP – 01415-002
www.planetadelivros.com.br
faleconosco@editoraplaneta.com.br

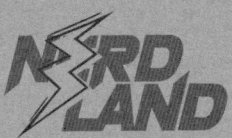

Gabriel Nerd Land
Dani Luquetta

Os herdeiros das sete pedras

Outro Planeta

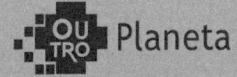

CAPÍTULO 1

Desde muito cedo, Nicolas Pereira era obcecado por superpoderes.

Nick, como gostava de ser chamado tanto por colegas quanto pela família, tinha uma coleção enorme de histórias em quadrinhos e vivia bolando teorias sobre como os poderes de mutantes e alienígenas funcionariam na vida real, criando verdadeiros monólogos com alguns temas, como "por que a superforça seria problemática" ou "o impacto da supervelocidade nos engarrafamentos de grandes metrópoles". Além da parte teórica, ele adorava fantasiar com esses dons e frequentemente fingia que tinha poderes especiais, criando vários *cosplays* dos seus personagens favoritos com seu avô, Américo Pereira, que incentivava o garoto a voar o mais alto e mais longe que ele pudesse com a imaginação. Isto é, desde que ele não repetisse a vez em que pulou do topo da casa pensando que iria voar – outra dessas, só com o avô por perto.

Os dois viviam num sobrado amplo, arejado e um tanto antigo, na periferia de São Paulo. Américo era aposentado, mas tinha passado boa parte da vida viajando a trabalho e conhecia muito do Brasil e do mundo. Trouxe na bagagem de suas viagens diversas lembranças e histórias de cada canto do globo, que ele compartilhava com o neto à noite, depois do jantar. O garoto de dezesseis anos era o mais alto de sua turma e também era bem magro, o que o destacava dos colegas na escola – fato que não era muito bem-vindo por Nick, já que isso o tornava alvo dos outros rapazes. Seus cabelos eram muito escuros e seus olhos de um azul forte, vibrante, como os do pai e do avô, característica da família que sempre aparecia na geração seguinte. Américo, com seus sessenta e cinco anos, era forte e saudável, mas com uma barriguinha protuberante sob o peito largo e musculoso. Seu cabelo estava naquela fase de transição entre o cinza e o branco, mas ele já tinha sido tão escuro quanto o do neto.

Na maior parte do tempo, apenas os dois viviam ali. Os pais de Nick eram biólogos de fama internacional, que viajavam ao redor do mundo conduzindo pesquisas importantes para o desenvolvimento de reservas de preservação ambiental de diversos biomas do planeta. Quando retornavam, era comum que as férias dos pais, que duravam entre quinze dias e dois meses, não coincidissem com as escolares, o que diminuía o tempo já limitado de convivência com o filho. Somando isso ao fato de que eles não paravam completamente de trabalhar quando estavam em casa, ter a atenção plena dos pais era um desafio para Nick, e ele guardava as memórias desses raros momentos com carinho e determinação: aprenderia a voar assim que se tornasse adulto. Dessa forma, poderia acompanhá-los em todas as suas viagens, pilotando o avião que os levaria aos mais distantes recantos do planeta.

A rotina durante os dias da semana era simples: Nick ia à escola pelas manhãs, almoçava no boteco do seu Juca, que ficava na esquina de casa, e voltava para o sobrado para fazer a lição antes de jogar videogame contra outros jogadores de todos os lugares do mundo. Algumas vezes, saía para explorar as redondezas ou ia até a casa de Irina, sua melhor amiga e colega de classe. Sempre que a lição de casa era mais difícil, Nick pulava as outras etapas e ia direto para a casa da amiga para ter uma ajudinha, já que ela era a pessoa mais inteligente que ele conhecia.

Américo saía todos os dias e voltava sempre às cinco da tarde, impondo apenas duas regras ao neto: que ele não perguntasse o que ele fazia e que sempre voltasse para casa até as cinco e meia. Irina acompanhava Nick frequentemente nessa volta para o sobrado, e não era estranho vê-la na mesa de jantar dos Pereira. Aliás, eles sempre ficavam intrigados com a habilidade do avô em adivinhar quando a garota apareceria, com a mesa já posta para três pessoas. Quando perguntavam como ele sabia, Américo apenas dava um sorrisinho maroto e piscava para os jovens, como se aquilo fosse um dos segredos do ofício de ser avô.

Já durante o fim de semana, Nick e o avô estavam sempre juntos, fazendo as mais diversas atividades. Era bem comum eles irem a algum museu da cidade ou assistir a um show gratuito em centros culturais ou até mesmo na rua, aproveitando a avenida Paulista ou o Minhocão, que ficavam fechados para carros. O importante era *aproveitar a cidade*. Quando não saíam, inventavam alguma coisa para fazer em casa, fosse uma caça ao tesouro (que sempre era um pequeno baú de madeira cheio de doces, sem faltar as famosas moedinhas de chocolate, entre outras coisas), inventar códigos para escrever cartas secretas um ao outro, ou então preparar novas roupas e apetrechos de *cosplay* na pequena oficina improvisada na garagem da casa.

E eles iam a convenções.

Nick ainda se lembrava da primeira vez que tinha ido a uma convenção de super-heróis. Muito novo e inseguro, o garoto estava criando vários empecilhos para não sair de casa, enquanto o avô já o esperava com o carro ligado, pedindo para ele se apressar. Vestido de Flash, andou até o carro cabisbaixo, bem devagar, fazendo exatamente o oposto do que o personagem faria.

Quando chegaram ao pavilhão, Nick ficou ao mesmo tempo deslumbrado e aterrorizado. O lugar era incrível, cheio de estandes sobre todas as séries e filmes que ele adorava, com *cosplayers* para todos os lados e... gente. *Muita* gente. A vergonha era demais para o menino, que era arrastado pelo avô. Quando chegaram à porta dos banheiros, Américo pediu que Nick o esperasse um instantinho; quando voltou, o avô estava fantasiado dos pés à cabeça como Rocketeer, um herói antigo que Nick só conhecia por conta do próprio Américo. Daquele jeito, foi muito mais fácil combater a insegurança e a ansiedade e, dali em diante, eles sempre faziam *cosplay* de duplas famosas do mundo do entretenimento.

Assim passavam os dias na residência dos Pereira, numa tranquilidade invejável. Mas, infelizmente, essa tranquilidade não duraria muito.

★ ★ ★

— Mas é *claro* que o Gandalf ganharia do Dumbledore! — disse Nick, com um ar de sabichão.

— Não tem nada de claro nisso, garoto! O Dumby é um senhor estrategista, fez um plano de dezessete anos já contando com o retorno do Lorde das Trevas — retrucou Irina, conseguindo parecer ainda mais sabichona.

— E de que adiantou todo esse plano, hein? Ele deixou uma galera se dar mal!

— Ai, garoto... Nada é tão simples assim na vida, né?

— É, sim! Enquanto ele fica lá, disfarçando pra todo mundo, o Gandalf já chegaria chutando a porta e passando o Perebas na espada! *Iááá!* — ele gritou, fazendo um movimento de corte com a mão, enquanto Irina revirava os olhos.

Era só mais uma das inúmeras conversas que os dois tinham nas caminhadas entre a escola e a casa de Irina, ou então da casa dela para o sobrado dos Pereira. Os temas eram os mais variados: fantasia, ficção científica, *steampunk*, RPG, ciência de verdade, tecnologia, gibis e filmes. Nick e Irina conseguiam passar por *Harry Potter*, *O Senhor dos Anéis*, *Star Wars* e *Vingadores* antes de chegarem ao primeiro semáforo do percurso, que levava apenas vinte minutos, não importava o destino – já que a casa da garota ficava exatamente no caminho entre a de Nick e a escola –, mas rendia altas conversas muito produtivas.

Desta vez, estavam a caminho do sobrado, mais cedo do que de costume, na esperança de pegar o avô de surpresa, quebrando seu recorde invicto de previsões para o jantar. Quando viraram a última esquina, ficaram bem quietos, se movendo quase como ninjas, tentando evitar que qualquer pista da presença deles chegasse a Américo. Para completar o modo furtivo, deram a volta até alcançar o antigo portão dos fundos do quintal, que era usado raramente, já que dava numa viela que terminava em um grande círculo, utilizado pelos moradores como estacionamento extra. Assim que encostaram no portão, Irina tirou da bolsa um estojinho com várias ferramentas pequenas de metal. Rapidamente, ela escolheu uma que parecia uma barrinha torcida num "L" e outra que lembrava uma espátula, mas com uma ponta bem fina e virada para um lado.

— Irina, o que você tá fazendo? Eu já disse que não tenho a chave desse portão!

— *Shhh!* A ideia toda é o seu avô *não* escutar a gente chegando! Deixa a fechadura comigo... — ela respondeu, colocando a barra em "L" na fechadura e segurando firme enquanto começava a cutucar partes dela com a outra ferramenta, concentrada.

— O que é isso? — Nick sussurrou, se abaixando para ver bem de perto o que a amiga fazia.

— É um tensor e uma gazua. Coisas para abrir fechaduras quando... *ahn*... você esquece a chave... e precisa...

— Sei...

— Ai, tá bom! É pra abrir qualquer fechadura mesmo! Teve um fim de semana que fiquei entediada e aprendi a fazer isso... — ela respondeu, um pouco envergonhada.

— Ei, por mim, tudo bem. Pelo menos serviu pra gente pegar o vovô de surpresa!

— Quero só ver a cara do seu Américo quando eu aparecer e... — A fechadura emitiu um leve "click". — Consegui!

Animada, a dupla subiu pelo quintal até chegar à porta que dava para a cozinha. Abrindo-a com cuidado para não fazer barulho, os amigos foram espremendo a cabeça pela fresta que ficava cada vez maior até que...

Américo estava sentado à mesa de jantar, segurando um pedaço de papel e com uma expressão preocupadíssima, diferente de qualquer coisa que Nick já havia visto. Com a outra mão, esfregava seus cabelos grisalhos e suspirava, completamente concentrado na carta à sua frente –

os jovens podiam ter entrado com um trio elétrico em casa que ele mal perceberia. Nick e Irina foram se aproximando devagar, assustados demais com uma cena tão incomum para o brincalhão Américo para emitir uma palavra sequer. Estavam quase ao lado do homem quando, num salto, ele finalmente notou que tinha companhia. Fechando a carta e girando o corpo para cobrir o conteúdo da mesa num movimento rápido, Américo voltou à atitude de sempre:

— *Ma caspita*! Que susto vocês dois me deram! Perdi completamente a noção da hora! Hoje vamos pedir uma pizza — afirmou, já se levantando em direção ao telefone. — Que tal umas onze de calabresa e duas de pepperoni? — Emendou uma brincadeira.

— *Hããã*... Vô... Você tá bem? — Nick perguntou, preocupado.

— Eu, bem? Mas é claro que sim, menino! Mas que pergunta, rá!

— Seu Américo, o que era aquela...

— Aaacho que agora o placar está uns dez mil a um, certo? — O avô cortou a pergunta de Irina, dando uma piscadinha quando terminou. — Certo, a boia chega daqui a quarenta minutos, crianças! Vão quebrar alguma coisa enquanto isso — completou, desligando o telefone depois de pedir a pizza e andando em direção ao escritório, assoviando.

A carta tinha sumido da mesa de jantar. Nick e Irina se entreolharam, preocupados, e subiram as escadas até o quarto do garoto. Quando finalmente estavam na segurança do quarto fechado e Nick se virou, puxando ar para começar a falar, Irina desembestou:

— Você viu o que eu vi? E o seu avô, como ele tava? E a carta? E agora?

— Sim, sim, sim e não sei, na ordem.

— Nick, não é hora de bobeira. Não consegui ler a carta toda, mas ela era feita de letras recortadas de revistas e jornais, como aquelas de sequestro dos filmes antigos.

— Mas por que alguém se daria o trabalho de fazer isso hoje em dia? Não é só digitar no computador e imprimir com a fonte que quiser?

— Justamente... Quem se daria o trabalho, senão uma pessoa com muito tempo livre pra focar no que quer te dizer? É pra dar medo mesmo!

— Dar medo? E se for só uma pegadinha? Ou um engano, sei lá? — Nick tentou desconversar, já ficando um pouco nervoso.

— Acho que não era engano... A cara do seu avô... e o que eu li...

— O que você leu? Era tão ruim assim?

— Não deu pra ver muita coisa, mas ela terminava com "ou sua família sofrerá as consequências".

— Mas quem é que ameaçaria o meu avô? Ou o resto da minha família?

— Não faço ideia, Nick! O Seu Américo tem inimigos? O que ele faz?

— Eu... Eu não sei...

Após uma breve troca de olhares assustados entre os amigos, Nick começou a andar de um lado para o outro do quarto, enquanto Irina o acompanhava com o olhar, pensativa. Quase dava para ouvir as engrenagens de dentro de sua cabeça girando. O silêncio era pesado, opressivo, aumentando ainda mais o peso sobre os ombros da dupla. Eles estavam muito acostumados a ver situações similares em filmes e séries, mas nunca imaginariam que esse tipo de coisa poderia acontecer na vida real, muito menos na vida deles, que não tinha nada de especial.

— Bom, Nick... só tem um jeito de descobrir o que está acontecendo — a menina declarou com um ar muito sério, quase de adulto, quebrando a tensão do quarto.

— E qual é?

— Vamos ter que roubar a chave do escritório do seu avô.

CAPÍTULO 2

São Paulo, cinco anos atrás.

Pow, pow, pow! Viiiiiiuuuummmmmm, craaash, BUUM!
— Me ajuda! Me ajuda! Mas que droga, Buzz, eles estão invadindo!
— Woody, não se esqueça de que sempre devemos ir ao infinito... e além!

Buzz abre suas asas e sobrevoa a base lunar, derrotando todos os inimigos em seu caminho com seu potente laser no pulso, mas encontra os monstros que se aglomeram em sua frente, impedindo a passagem do patrulheiro espacial e... *game over*.

— Hahaha! Foi por pouco, vô! Você quase conseguiu! — gritou Nick, praticamente derrubando a colher cheia de sorvete que estava a caminho de sua boca quando Américo perdeu o jogo na penúltima fase.

— Pois é, menino! É que esse controle é muito cheio de botões, fica meio difícil...

— Sei, sei... pode admitir que você não é tão bom nisso quanto Nick Pereira, patrulheiro espacial classe S! — o garoto se gabou, ficando em pé no sofá da sala.

— Na verdade, eu não queria ganhar. Afinal, pegaria mal para você se o vovô aqui passasse da fase do jogo do *Toy Story* que você não conseguiu, né? — respondeu o avô, com um tom de gozação, piscando para o neto.

A campainha tocou. Nick olhou para o seu avô, intrigado. Normalmente, os sábados eram reservados para os dois e eles não recebiam muitas visitas de modo geral. Américo ignorava a campainha, com um ar de quem está se segurando.

— Vô, o senhor pediu pizza?

— Não... Por que você não vai ver quem é? — disse o avô com um tom divertido.

Com uma pulga atrás da orelha, Nick andou cuidadosamente até a porta. A campainha tocou novamente. Ele chegou até o olho mágico, mas não conseguiu ver ninguém do outro lado da porta. A campainha tocou mais uma vez, dando um belo susto no garoto.

— Quem é? — Nick perguntou, tentando fazer a voz mais séria que ele conseguia. Como resposta, recebeu apenas toques na porta: *toc, toc, toc-toc, toc, toc, toc*!

A sequência de batidas encheu o coração de Nick de alegria. Era o toque especial do seu pai, que eles haviam criado juntos quando ele tinha apenas quatro anos, antes de seus pais precisarem trabalhar tanto fora de casa. Ele abriu a porta o mais rápido que podia e se jogou nos braços de seus pais.

— Pai, mãe! Pensei que vocês só voltassem na semana que vem!

— Surpresa! — os dois responderam ao mesmo tempo.

— Que irado! Vai ser demais, vocês vão ter ainda mais tempo pra ficar por aqui! Vamos no parque amanhã? Eu achei um bicho lá que vocês vão pirar e eu queria trazer ele pra casa, mas o vô disse que era melhor deixar ele onde já vive, e então eu anotei o lugar pra depois mostrar pra vocês e...

— Ei, ei! Calma, Nick! Respira! — disse o pai, achando muita graça naquilo tudo.

— Você vai poder nos mostrar tudo que quiser, querido. Mas, primeiro, vamos desfazer as malas, tudo bem? — completou a mãe.

Nick mal conseguia se conter. Afinal, não via os pais fazia três meses. Durante todo o processo de chegar e desfazer as malas, o garoto ficou rondando os pais, falando tudo que tinha acontecido enquanto eles estiveram fora, tentando incluir todos os detalhes possíveis. Américo apenas os seguia, ajudando seu filho e a nora, e dando risada em alguns momentos dos relatos do neto.

Mais tarde, a campainha tocou novamente para, desta vez, revelar uma pizza, como Nick havia imaginado da primeira vez. Durante o jantar, os adultos trocaram algumas palavras sobre assuntos que não interessavam o garoto, até que seu pai tirou uma pequena caixa do bolso e a colocou na frente de Nick.

— Um presente pra você, filhão. Lá de Míkonos.

— Uau, direto da Grécia?

— Essa é a vantagem de ter pais que viajam o mundo — o pai respondeu com uma piscadela, enquanto o garoto destroçava o embrulho.

Nick tirou dos destroços da caixa de papelão uma pequena estátua de um homem forte, com uma barba bem grande, segurando um tridente numa pose imponente. Era Poseidon, deus supremo dos mares, segundo a mitologia grega.

— Nooossa! Uma estátua do Poseidon feita na Grécia! — Nick exclamou, quase babando em cima da estátua. Ela era feita de uma pedra muito branca e bem-polida, fria ao toque, muito parecida com as fotos das grandes colunas de ruínas gregas.

— Eu lembrei do quanto você gosta daqueles livros do Mercy Jack, então achei que ia curtir.

— É *Percy Jackson*, pai. E eu curti mesmo, o Poseidon é o pai do Percy!

— Ah, tá... *Percy Jackson* — respondeu o pai, imitando o tom de voz do filho. — O importante é que você gostou.

— Ô, se gostei! E o mais legal é que é feita de... *pedra* — o garoto respondeu com um certo fascínio na voz.

Os adultos se entreolharam, sérios.

— Bom, é hora de dormir, guri do Olimpo! — exclamou Américo. — Amanhã vocês continuam a falar sobre todos os deuses, centauros e tudo o mais.

Nick acordou de sonhos intranquilos no meio daquela noite. Os barulhos que o perseguiam no sonhar continuavam do lado de fora do seu quarto. Sonolento, foi até a porta e encostou o ouvido nela para ver se entendia o que estava acontecendo.

— Para com isso, pai! Não tem jeito, é uma emergência!

— Carlos, o menino não via a hora de passar um tempo com vocês! Tenha dó, vocês acabaram de voltar!

— Infelizmente isso não pode esperar, pai. Acredite, eu bem que gostaria de parar um pouco e curtir o Nick.

— Enquanto ainda há tempo. Ele não vai ser um garoto para sempre, sabia?

— Seu Américo, nós vamos voltar o quanto antes.

— Eu sei, filha, eu sei... mas o coitado do Nicolas vai ficar arrasado. Seria a primeira vez que as férias escolares calhariam com vocês por aqui...

— Eu posso ir junto, não tem escola! — gritou Nick, abrindo a porta de supetão e correndo para abraçar as pernas da sua mãe.

Seus pais estavam surpresos de encontrar o garoto acordado, enquanto o avô, vendo aquela cena, estava com os olhos carregados de lágrimas que não caíam.

— Ai, filho, você sabe que não é assim que funciona — respondeu o pai. — Quando você for mais velho...

— Mas eu já sou grande! Tenho onze anos, não sou mais criança!

— E como um pequeno adulto, precisa ajudar seu avô a cuidar da casa, meu bem — disse a mãe enquanto fazia cafuné no filho.

— Mas... mas... que DROGA! Vocês acabaram de chegar!

— Eu sei, Nick, mas...

— Que DROGA! Não é JUSTO!

— Nicolas, olha os modos! — Américo o reprimiu.

O garoto voltou correndo para seu quarto, batendo a porta bem forte.

Muitos minutos se passaram até que a porta do quarto de Nick se abriu devagar, criando uma fresta de luz que revelou um garoto de onze anos sentado na cama, com lágrimas vertendo dos olhos sem parar, rolando pelo rosto num choro doloroso e silencioso. Uma figura se aproximou da cama, sentou na borda e começou a acariciar os cabelos do garoto.

— Por quê, mãe? Por que vocês nunca podem ser normais?

— Filho, é complicado. Você vai entender quando for mais velho.

— Não quero entender mais velho! Queria vocês aqui, agora. Queria que fossem os pais de outro menino que fizessem esse trabalho e ficassem fora o tempo todo!

— Ué, esse não é o menino corajoso e gentil que eu conheço...

— Ah, mãe, para que eu quero parar de chorar...

— Nós vamos voltar rapidinho. Antes de as suas férias acabarem. Eu prometo.

As aulas voltaram e nada de os pais de Nick voltarem de viagem. O garoto ficou mudo nas duas primeiras semanas no sétimo ano, imune às tentativas do avô de animá-lo, até que, em um sábado, ele estava jogando videogame na sala quando Américo voltou da padaria.

— Oi, vô — Nick disse sem tirar a atenção do jogo.

— Oi, filho. *Hmmm...* tudo bem com você? Quer conversar?

— Não tá tudo bem, não, vô. Mas vai ficar. Me ajuda a passar daquela fase do *Toy Story*?

Com um sorriso caloroso, o avô acenou, deixou os pães em cima da mesa e pegou o controle da mão de Nick.

São Paulo, hoje.

— Nick, eu sei que a ideia foi minha, mas já te falei que não apoio fazer isso *agora*.

— Por quê, Irina? A gente precisa ver o que tem naquela carta, não é?

— Tem, mas assim a gente não vai fazer a lição de casa!

— Às vezes, você é nerd demais, Irina. Isso aqui é bem mais importante, a lição a gente faz amanhã na sala!

Com cara de quem tomou um iogurte azedo, Irina concordou. A dupla caminhava na rua da casa de Nick, por volta de uma hora da tarde – bem mais cedo do que o garoto costumava voltar, na esperança de pegar o sobrado vazio. Graças ao plano que bolaram na noite anterior, tinham saído da escola antes do fim das aulas e tomado um ônibus para chegar à casa dos Pereira o quanto antes. Se o avô ainda não tivesse saído, eles esperariam no quintal, abrindo a porta dos fundos com o kit de abrir fechaduras de Irina.

Após uma sondagem inicial, era claro que o sobrado estava vazio, então entraram pela porta da frente mesmo. Nick já estava na porta do escritório do avô quando notou que Irina não estava com ele. Quando voltou para o corredor principal, a viu prendendo algo na porta.

— O que você tá fazendo?

— Colocando um sensor que dispara uma mensagem pro meu celular se a porta abrir. Você não quer ser pego de surpresa pelo seu avô enquanto estiver lá dentro do escritório, né?

— Boa! Nunca tinha visto uma coisa dessas!

— É baratinho, dá pra comprar naqueles sites que trazem as coisas da Ásia. Chegou na semana passada, bem a tempo de um *test-drive*!

Com o dispositivo ligado e fixado, eles foram juntos até o escritório. Nick só tinha entrado ali uma vez, havia muitos anos, então não sabia o que esperar. Olhou para Irina, que estava visivelmente nervosa, mas também muito empolgada com a aventura. Ele assentiu com a cabeça, gesto que a garota devolveu, e então girou a maçaneta.

O escritório parecia algo saído do cenário de um filme. Prateleiras desciam pelas paredes laterais, repletas de livros antigos, com tinta dourada dos títulos nas lombadas e marcas de uso e idade. De frente para a porta, uma escrivaninha de madeira com três gavetas ocupava a parte mais baixa da parede, enquanto um mapa-múndi enorme cobria o restante, com vários marcadores, adesivos, anotações e percevejos em diversas partes do planeta. Sobre a escrivaninha, um notebook estava ligado, porém bloqueado, com sua tela pedindo uma senha para revelar seus segredos. Em um dos cantos entre as prateleiras e a escrivaninha, um porta-guarda-chuvas antigo acomodava uma coleção de bengalas estilosas, todas com um engaste na ponta, mas sem a pedra preciosa que costuma ficar naquele espaço.

— Uau, quantos livros diferentes! Olha só este aqui, Nick: *Poderes mágicos das tribos australianas até 1898*.

— Foco, Irina! Precisamos encontrar a carta o quanto antes, lembra?

— Tá bom, tá bom... — A garota recolocou o livro na prateleira, relutante. — Deve estar em uma das duas gavetas trancadas.

— Como você sabe que tem gavetas trancadas?

— São três gavetas. As duas da ponta têm buracos de fechadura e seu avô não é bobo; nem vale a pena olhar na do meio. Elementar, meu caro Nicolas.

Irina começou a mexer nas gavetas com fechadura para tentar abri-las enquanto Nick focou a sua atenção no mapa pendurado na parede e em suas marcações, feitas com a letra do seu avô. Todas as anotações eram do tipo "MANADA DE BOIS – 1985" e "BOLAS DE FOGO NO CÉU – 2011", e estavam espalhadas pelos sete continentes.

— *Ahá!* — gritou Irina, triunfante, segurando a carta.

— Nossa, isso foi rápido — comentou Nick.

— O Seu Américo é bem inteligente. Além de estar trancada, a gaveta tinha um fundo falso.

— Haja necessidade de esconder essa carta! Vamos ler logo!

Como Irina já tinha visto, a carta era toda escrita com letras recortadas de jornais e revistas, o que deixava tudo meio torto.

Velhote,

Chegarei em sete dias para reivindicar a pedra. Você tem ciência dos nossos recursos, então sabe que tentar correr ou despachar seu neto seria inútil.

Considere este aviso uma cortesia profissional.

Quando nos encontrarmos pessoalmente, é melhor não tentar nenhuma gracinha, ou sua família sofrerá as consequências.

Afinal, vento só espalha fogo.

— Δ

— Triângulo? Quem é que assina com um triângulo? — perguntou Nick, aparentemente ignorando a ameaça que a carta fazia a ele.

— Acho que não é só um triângulo. Pode ser delta, a letra grega, sabe?

— Mas quem é que assina delta? A Delta Airlines tá ameaçando o meu avô?

— Não, besta! Pode ser um código, um símbolo, que nem o delta das equações de segundo grau.

— Então é um matemático do mal? — perguntou Nick, mais confuso que nunca com a situação.

— Nããão! Olha, esse triângulo pode ter vários significados. Por exemplo, pode ser uma representação de fogo, ou então...

— Ou então que não seja da conta de vocês dois, pequenos enxeridos — disse Américo atrás deles, enquanto fechava uma porta escondida atrás das prateleiras de uma das paredes.

— Uau! Uma porta secreta de verdade! Eu *sabia* que a arquitetura desse sobrado não fazia sentido! — disse Irina, superempolgada com a revelação e se esquecendo por um momento do que significava ter o avô de Nick no escritório ao mesmo tempo que eles.

— Vô, tem uma letra grega te ameaçando! A gente precisa fazer alguma coisa!

Américo olhou seriamente para os dois por cinco longos segundos, sem dar um pio, até que... explodiu em gargalhadas, daquelas que nos fazem apoiar as mãos nos joelhos de tanto que rimos. De chorar e tossir, sem conseguir se controlar direito. Nick e Irina se entreolharam, confusos, sem saber como reagir à cena.

— Ai, meninos... — o avô disse, tentando conter o riso. — Essa foi tão engraçada que eu quase me esqueci do quanto estou decepcionado com esta invasão — completou, mudando o tom para um de bronca.

— Mas, vô...

— Mas nada, guri. Vocês entraram no meu escritório quando pensavam que não tinha ninguém em casa para bisbilhotar coisas que não lhes dizem respeito. Pensei que tinha te ensinado melhor, Nicolas.

— Vô, você tá em perigo... — resmungou Nick, mortificado pela desaprovação do avô.

— Em perigo? Há! Em perigo de perder o jogo se eu demorar muito para responder!

— O... jogo? — perguntou Irina, confusa.

— Sim, um jogo. Que eu mantenho há anos com amigos do mundo todo. Ele é todo feito por cartas, aquelas coisas de papel que os jovens nunca usam, e adotamos personagens com vidas fictícias.

— É tipo um RPG de carta... — Irina falou para si mesma, baixinho.

— Exatamente, menina. Você é bem esperta, mas isso não te isenta da travessura.

— É melhor você ir andando, filha — continuou Américo, enquanto Irina engolia em seco. — E, Nicolas, o senhor está de castigo.

Nick puxou o ar para protestar, mas o avô levantou um dedo exigindo silêncio e o garoto parou, lembrando-se de que ele realmente não estava em condições para reclamar da punição. Ele trocou um último olhar com Irina, que tentava se desculpar silenciosamente antes de ir embora, e então abaixou a cabeça, envergonhado. Depois de fechar a porta para a garota, Américo voltou para o escritório.

— Não consigo acreditar que tenha quebrado minha confiança desta maneira, Nick. O que passou pela sua cabeça?

— Eu tava preocupado, vô! A Irina tinha visto um pedaço da carta ontem e...

— Ah... então foi isso. Olha, Nick, eu entendo a sua preocupação e estaria mentindo se dissesse que não fiquei impressionado com a engenhosidade de vocês dois, mas você deveria simplesmente ter vindo falar comigo, guri.

— Eu sei, vô, estraguei tudo, né? — Nick encarou o avô, segurando as lágrimas.

— Não exagere, rapaz. Só quero que prometa que nunca mais vai entrar neste escritório, muito menos passar pela porta pela qual eu entrei, a não ser em caso de extrema necessidade.

Nick achou a adição de "em caso de extrema necessidade" na promessa um tanto estranha, mas prometeu assim mesmo. Naquele momento, o garoto toparia qualquer coisa para não ficar mal com seu melhor amigo e avô.

★ ★ ★

O sinal tocou, indicando o fim das aulas naquela sexta-feira. Irina desceu as escadas que dão para o pátio da escola e viu Nick sentado num canto, carrancudo, rabiscando em seu caderno. O garoto estava daquele jeito desde a sexta passada, quando o avô pegou a dupla fuçando em seu escritério, e só trocou meia dúzia de palavras com a amiga, o que era algo inédito no relacionamento deles; normalmente, os professores precisavam interromper as discussões sobre qual era o melhor mundo de fantasia medieval e as pessoas encaravam estupefatas o fôlego da dupla para listar as naves espaciais existentes (não só contando as fictícias, mas também os ônibus e estações espaciais de verdade). Cautelosa, a garota se aproximou de Nick devagar e disse de forma bem neutra:

— Oi, Nick...

— Oi... — Nick respondeu sem olhar para Irina.

— *Ahn*... você tá esperando alguém? Posso sentar aqui?

— Senta.

O silêncio constrangedor pesava muito para Irina. Afinal, ela se sentia responsável pela miséria do amigo, já que o incentivou a entrar no escritório do avô para ler a droga da carta que não passava de um jogo bobo entre adultos. O garoto parecia determinado a manter a distância, desenhando um elfo meio torto com armas futurísticas nas mãos quase sem piscar, tamanha a concentração. Irina estava quase se levantando para tomar a direção de casa quando Nick falou:

— Você.

— Oi?

— Eu tava esperando você — respondeu, um tanto envergonhado.

— Mas a gente...

— Eu sei, eu sei. Fui um completo idiota, Irina. A culpa não foi sua. Foi só um jeito de eu transferir um pouco da minha culpa de ter decepcionado o meu avô.

— Ai, Nick, se tivesse uma TARDIS ali fora, voltaria no tempo agorinha mesmo pra desfazer todo aquele rolo!

— Eu sei, eu também. Mas a gente tem que fazer que nem o Doutor: considerar aquilo um ponto fixo no tempo e encarar as consequências — respondeu o garoto, com um sorrisinho no rosto.

Três referências a viagem no tempo depois, os amigos já tinham feito as pazes plenamente, como se nunca tivessem parado de se falar. Naquele dia, como uma espécie de comemoração, foram a uma pastelaria e detonaram pastéis e beberam caldo de cana até se estufarem, conversando, fazendo piadas e rindo o tempo todo. Como sempre.

Essa pastelaria era especial para os dois por conta de sua decoração temática com super-heróis de quadrinhos, com adesivos enormes de panoramas de batalhas épicas nas paredes, jogos americanos com estampas de quadrinhos antigos. E até mesmo os nomes dos sabores de pastéis vendidos refletiam o tema: o pastel de pizza, por exemplo, era chamado de Tartarugas Ninjas, enquanto o Lanterna Verde era o pastel recheado com rúcula e queijo. Além disso, foi lá que a dupla começou a sua primeira campanha de RPG, anos atrás.

Como a pastelaria ficava na zona Norte da cidade, o caminho de volta era bem longo, então os amigos saíram de lá quase correndo para que Nick chegasse em casa antes do horário limite imposto por seu avô. Porém, eles não contavam com um pequeno impedimento: o trânsito paulistano no horário de pico.

A avenida estava completamente travada e o ônibus não saía do lugar havia vinte minutos, o que costumava ser metade do tempo até o bairro deles. Irina estava tensa, já que era a primeira vez que saíam desde o desastre do escritório e ela não queria dar outra mancada com o amigo, mas seu nervosismo não chegava perto do que estava acontecendo com Nick.

— Ai, *caspita*! Ai, *caspita*! Ai, *caspita*! Ai, *caspita*!

— Calma, Nick! Daqui a pouco vai andar...

— O que eu não daria pra ser rápido que nem o Flash agora!

— Não seria melhor usar teleporte, igual ao Noturno?

— Claro que não, o Noturno só consegue se teleportar em curtas distâncias. Se concentra, Irina! — Nick explodiu, praticamente gritando para a amiga.

— Ah, é... desculpa...

— Não, eu que peço desculpas. Tô descontando em você injustamente, Irina. De novo — respondeu Nick, envergonhadíssimo.

— Tudo bem, Nick, eu entendo. Não gosto quando você faz isso, mas entendo. Eu também me sinto muito mal pela confusão com o Seu Américo. Ele é... é como se fosse o meu avô também.

— Prometo que nunca mais vou fazer isso, Irina. Amigos para sempre?

— Amigos para sempre! — ela respondeu, com um sorriso.

Como se esperasse por um sinal, o ônibus voltou a andar, seguindo o caminho de sempre enquanto várias pessoas suspiravam, aliviadas. Mas as coisas raramente são tão simples assim e, na altura da avenida Paulista, o trânsito parou completamente mais uma vez. Nick e Irina trocaram um olhar, com o garoto prestes a ter um colapso. O sol já estava descendo no horizonte e o horário de chegar em casa estava muito próximo.

— Olha, Nick! — Irina gritou, apontando para a janela e quase pulando do assento. — Bicicletas!

— Boa, Irina! Ô motorista! Motorista! Abre aqui, por favor!

A dupla pulou do ônibus e correu para as bicicletas de aplicativo, que foram destravadas rapidamente, e em instantes eles estavam voando baixo pela ciclofaixa em direção à casa de Nicolas. Nick nunca havia pedalado tão forte em toda a sua vida, nem quando ele pulou com a bicicleta de uma rampa aos sete anos de idade, confiante de que sairia voando no último instante como um super-herói, quando a manobra o custou dois meses de molho com a perna quebrada.

Eles não chegariam a tempo, mas pelo menos não seria tão tarde quanto se ficassem no ônibus. Os dois jovens esperavam que o avô perdoasse o pequeno atraso.

CAPÍTULO 3

São Paulo, três anos atrás.

Um Corcel azul-petróleo estacionou na frente da Escola Estadual Professor Ferreira da Costa. Nick pegou a sua mochila, respirou fundo e destravou o cinto de segurança do banco do passageiro, fazendo o toque especial com seu avô: um tapinha, seguido por um soquinho e uma mexida de dedo, formando um círculo.

— Sabe o que fazer em caso de emergência, certo?

— Vô, eu sou praticamente invisível aqui. Nem os professores sabem direito que eu existo.

— Bom, invisibilidade é um superpoder, né? Pode ser bem útil, às vezes — respondeu o avô, dando uma piscadinha.

— Não quando você quer exatamente o contrário... — Nick disse baixinho, enquanto abria a porta do carro.

Quando já estava quase no portão da escola, ele escutou a buzina do carro de seu avô, que imita a música de abertura do seriado do Batman da década de 1960: *nananananananana*!

— Até mais tarde, garoto invisível! Esse é o superpoder mais legal do mundo! — Américo disse, enquanto seguia com o carro, acenando até não poder mais ser visto.

Após aquela demonstração pública de afeto, o que mais Nick queria era ser *literalmente* invisível, mas, ao mesmo tempo, amava o avô por ele sempre conseguir animá-lo independentemente da situação.

Assim que o sinal de início das aulas tocou e os jovens estavam em suas carteiras, a dona Odete, professora de Matemática, chamou a atenção de todos, pois uma nova aluna começaria naquela turma. Ela foi até a porta, abriu-a e convidou a aluna em questão para entrar. Era Irina.

— Nossa escola está honrada em aceitar a transferência de Irina Dewitt, uma jovem premiada muitas vezes em Olimpíadas de Matemática e em campeonatos estaduais!

Irina começou a ficar extremamente vermelha, a ponto de Nick pensar que este era o superpoder da garota: transformar-se em um tomatão gigante. Dona Odete estava tão empolgada com a aluna brilhante que nem havia notado que metade da classe trocava risadinhas de escárnio e sussurrava ofensas como "nerd", "CDF" e "pimentão" para a garota, que ficou ali em pé, sem saber o que fazer. Nick ficou muito irritado com o comportamento dos colegas, que preferiam insultar alguém para ganhar "moral" na classe a conhecer uma pessoa antes de julgá-la, coisa que seu avô o tinha ensinado desde muito cedo.

— ... e, finalmente, deixarei que a própria Irina diga olá para vocês.

— *Ahn...* Oi.

— Excelente! Pode se sentar na frente do Nicolas, aquele garoto que está acenando para você. Vamos começar!

Irina se sentou na frente de Nick sem dizer uma palavra, muito quieta e olhando para a frente.

— O bobo da corte humildemente dá as boas-vindas a Vossa Majestade — sussurrou Nick, chegando mais perto da cadeira de Irina.

— Muito grata, plebeu insolente — respondeu a amiga, se divertindo com a piada interna.

As risadas e sussurros continuaram, mas em um volume bem mais baixo agora que a professora estava mais atenta. Durante a sua primeira aula na escola, Irina recebeu cinco bilhetinhos que tiravam sarro dela de alguma maneira; em todas as ocasiões, ela os abriu, leu, dobrou novamente e os guardou, sem demonstrar um pingo de irritação. Já Nick ficava cada vez mais irritado e vermelho, como se tivesse recebido os poderes *tomáticos* de Irina numa transferência cósmica.

O sinal tocou, indicando o intervalo. Irina foi ao banheiro, então Nick esperou sentado no banco que ficava próximo. Distraído, mal percebeu que uma pequena multidão se aglomerava entre ele e a porta do banheiro feminino, mas notou assim que os comentários começaram, com a aparição de Irina:

— Vejam só que honra, pessoal! É a magnânima nova aluna!

— Ué, cadê o tapete vermelho?

— Não tô vendo as medalhas daqui!

— Precisamos nos curvar, alteza? — ironizou Yuri, um garoto que adorava fazer as vezes de malandrão da turma e claramente tinha escutado a brincadeira de Nick e Irina na classe.

— E esse estilo de cabelo, "ao natural"? Perdeu a escova, querida? — disse Patrícia, a garota mais popular da classe.

Irina deu um passo para a frente e quase colou o rosto com o de Patrícia antes de responder.

— Será que o seu cabelo vai te ajudar a entrar para a faculdade?

Irina despejou todo o ressentimento daquele primeiro período na escola nova nessa frase, amedrontando a outra garota para valer. Antes que mais alguém pudesse reagir, Nick chegou correndo e gritando:

— Eu vou chamar o inspetor, seus manés!

— Relaxa, Nick. Esses plebeus não me afetam.

— Ai, que fofinho! O namorado veio defender! — disse Yuri, arrancando risadas do grupo.

Uma sombra cobriu Nick antes que ele percebesse que Rodrigo, também conhecido como Muralha, estava atrás dele. O enorme garoto, que chamava atenção por seu tamanho e pela sua atuação no time de futebol do colégio, perguntou sem tirar os olhos de Yuri:

— Tem alguma coisa errada aqui, Nick?

— Tem gente que não sabe com quem está se metendo — respondeu Irina, dando um sorriso irônico para seus intimidadores.

— Nada, a gente só tava conhecendo a *mina* nova melhor, Muralha! Já tamo vazando! — disse Yuri, dando um passo para trás. — Quer jogar um *futeba* com a gente lá embaixo hoje?

— Hoje não, valeu — Muralha respondeu com um claro desprezo pela atitude do outro garoto.

Com essa troca, os outros alunos seguiram seu caminho, deixando Nick, Irina e Muralha para trás. Assim que os demais saíram de vista, Nick apoiou as mãos nos joelhos e soltou um belo suspiro.

— Nossa, Rodrigo! Ainda bem que você chegou agora, eles tavam atormentando a Irina sem motivo e ela começou a estudar aqui *hoje*!

— Eu já falei, Nick. Isso daí não me afeta, não passam de um bando de moscas zunindo no meu ouvido — Irina disse, irritada.

— É, Nick. Parece que a sua amiga não precisa de ajuda mesmo.

— Como eu já te falei, existem três tipos de gente: a realeza, os plebeus e os estrategistas. Estou mais para uma estrategista — disse a garota, andando em direção ao pátio.

São Paulo, hoje.

O sobrado estava às escuras. Completamente suado com o esforço, Nick pulou da bicicleta ainda em movimento já tirando as chaves do bolso, dando um encontrão com a porta que avisaria qualquer um da chegada retumbante do garoto. Ele quase abriu a fechadura à força, tamanha era a pressa de colocar os pés dentro do sobrado, como se um marcador de tempo de jogo de corrida fosse congelar assim que isso acontecesse. Tropeçando na própria perna, Nick passou pelo corredor em direção à cozinha, gritando:

— Desculpa, vô! Desculpa! Eu tentei chegar mais cedo, mas tava um baita trânsito e...

Finalmente prestando atenção na casa, Nick percebeu que havia algo estranho no ar. Todas as luzes estavam apagadas, nenhum rádio ou televisão ligados, nem mesmo um assovio do avô para quebrar o silêncio; aquela casa não ficava quieta assim nem na hora de dormir. Foi nesse momento que o garoto entrou na sala de estar e viu a confusão: sofá tombado, livros espalhados pelo chão, alguns com páginas em pedaços, cadeiras destruídas e as cortinas rasgadas e um pouco chamuscadas. Quando tentou acender a luz, nada aconteceu, justificando a ausência de som e iluminação no lugar. Algo se acendeu atrás de Nick enquanto uma respiração ofegante se aproximava de sua nuca, fazendo o garoto girar no mesmo lugar rapidamente e...

... Era Irina. A garota finalmente tinha alcançado o amigo, e estava tão cansada e suada quanto ele.

— O que... O que aconteceu, Nick?

— Eu não sei... Não encontrei o meu avô.

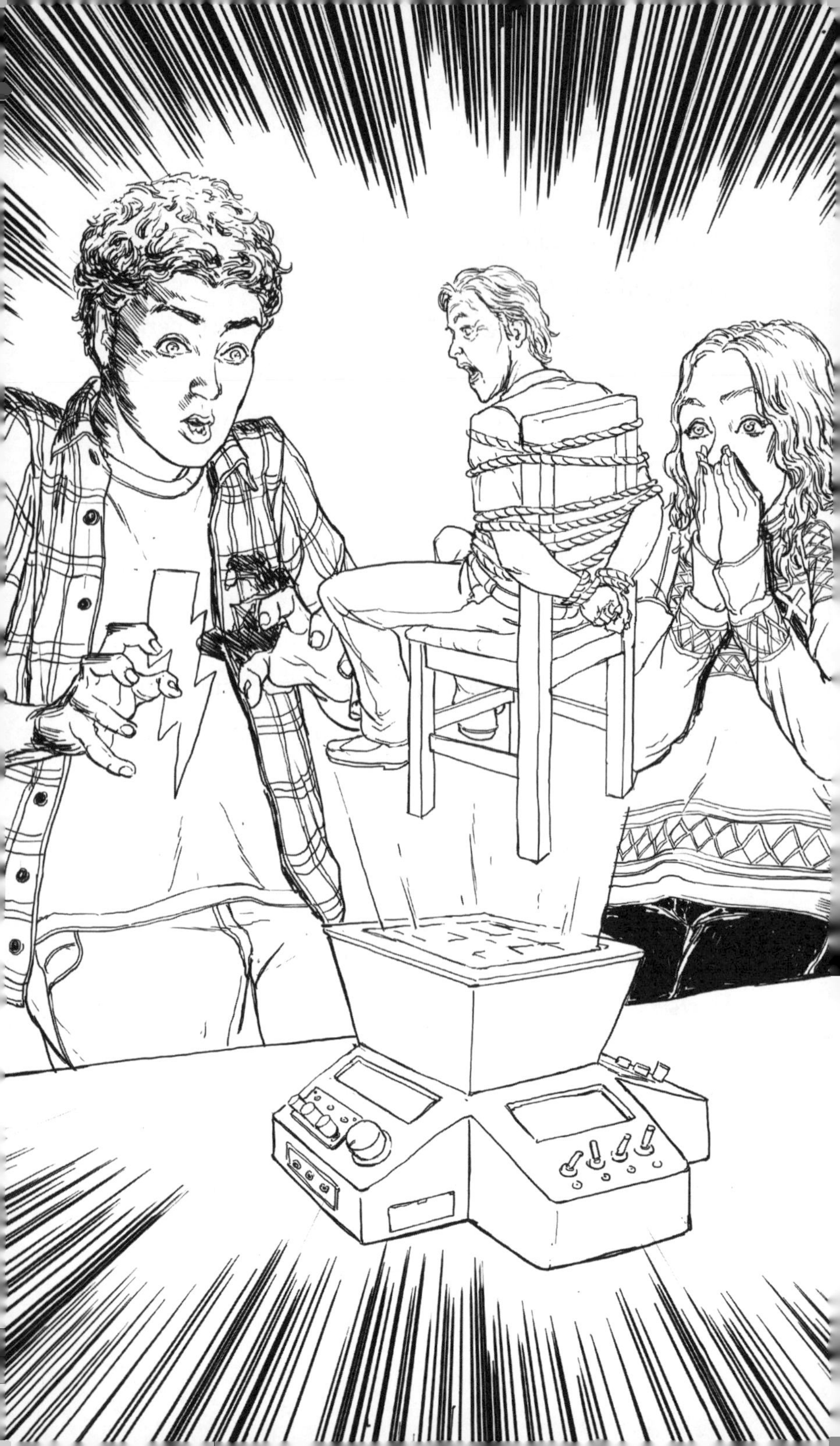

— Vamos continuar procurando, mas vamos ficar juntos. Não estou gostando nada disso.

— Nem eu, Irina, nem eu.

A dupla se pôs a vasculhar a casa, começando pelos quartos no andar de cima, mas tudo estava revirado como a sala. Nick soltava uns ocasionais chamados pelo avô, mas não teve resposta. Finalmente chegaram à cozinha, que era o único aposento que ainda tinha a mesa e as cadeiras no lugar. Sobre a mesa, um dispositivo estranho que parecia uma pirâmide invertida cheia de botões piscava, tornando-o o único eletrônico funcionando no sobrado. Os jovens se entreolharam por um instante e Irina instintivamente apertou o botão certo, fazendo o topo do objeto se abrir e uma projeção holográfica se manifestar no meio da cozinha escura.

A projeção exibia Américo sem poder falar e amarrado a uma das cadeiras da cozinha. Ele mostrava sinais claros de que tinha se envolvido em uma briga, com um olho roxo e um corte feio logo acima da linha da barba na bochecha esquerda.

— VÔ! — Nick gritou, quase pulando para cima da mesa, enquanto Irina segurava o ombro do amigo.

Duas pessoas apareceram no requadro da gravação. Um homem alto, de traços duros e claramente estrangeiro, com longos cabelos loiros presos em um rabo de cavalo e vestido com um terno elegante, parou atrás da cadeira e segurou o ombro de Américo, endireitando-o. Ele ficou parado ali tranquilamente, como se ter um senhor espancado e amarrado à sua frente fizesse parte do seu cotidiano. Na sequência, uma mulher esguia, com os cabelos muito escuros e usando uma roupa tática, toda de preto, e um rosto extremamente sério caminhou até tomar todo o lado esquerdo da projeção, encarando o espectador. Ela deu uma última olhada para Américo, com desprezo, e começou a falar:

— Garoto — o sotaque dela era fortíssimo —, preste atenção porque só vou dizer uma vez. Seu avô ficará vivo desde que me entregue a pedra. Eu sei que está com você. Nos encontre em três dias ou diga adeus ao velhote.

A projeção terminou com um sorrisinho cínico da mulher, mas aquele era um rosto que claramente não comportava um sorriso – mesmo com cinismo.

Por vários minutos, os amigos não sabiam o que dizer. Ficaram se encarando enquanto a versão fantasmagórica da mulher maldosa os observava no último quadro da projeção. Passado o choque inicial, Nick finalmente reencontrou a sua voz.

— Que pedra que ela quer? Pedra do jardim? Sequestraram o meu avô por causa de uma *pedra*?

— Será que é uma pedra preciosa, Nick? O Seu Américo tem joias guardadas?

— Não! Pelo menos não que eu saiba... Quem são esses malucos? O que eu vou fazer?

— Chamar a polícia? — a garota sugeriu, sem muita convicção.

— Irina, foi essa mulher que mandou a carta, tenho certeza! Meu avô inventou aquela coisa de jogo pra gente ficar tranquilo. Lembra do prazo?

— Sete dias... É mesmo! Caramba, Nick! Ela é a "delta"!

— Ai, *caspita*! Isso tudo é pra valer. O que é que eu faço? Começo a catar pedras no quintal?

— Calma, Nick. Vamos pensar direito. Seja lá quem forem, eles claramente têm muito dinheiro, nunca vi um aparelho como esse antes! Deixa eu passar o holograma de novo...

Toda a ameaça se repete no ar, enquanto Nick fica ainda mais angustiado ao rever o avô naquela situação.

— Quem dera existisse um Chapolin Colorado pra que eu dissesse "ó, e agora, quem irá nos defender?" pra ele nos ajudar...

— *Hmmm*... peraí, Nick... — a garota respondeu, apertando o *play* mais uma vez.

A coisa toda se repetiu enquanto Nick se perdia na confusão de sua própria cabeça, até ser puxado de sua angústia por um "a-há!" dito pela amiga.

— O que foi? Descobriu alguma coisa?

— Olha bem para a mão esquerda do seu avô, Nick — disse a garota, rebobinando o holograma.

Olhando mais de perto, o garoto percebeu que o dedo do avô se movia de forma ritmada: uma batida mais demorada, duas mais rápidas, mais uma rápida, uma mais demorada e por aí seguia.

— Essa é a descoberta? Que o meu avô não tá preocupado, mandando um sambinha pra descontrair?

— É Código Morse, seu bobo! Não percebeu? Olha só, as batidas mais demoradas são traços e as mais curtas são pontos.

A garota recomeçou o vídeo e passou a anotar a sequência no caderno:

" -... -... .- .-.. --- -.. . -... .- .-.. --- -.. . -... .- .-.. --- "

— Esses três primeiros formam um "D"... depois um "E"... e assim vai. Se pegarmos todas as letras até começar a repetir, temos... "Dédalo"!

— Dédalo?

— É! Mas eu não conheço ninguém chamado Dédalo...

— Nem eu... Ah, Irina! Tem um Dédalo na mitologia grega!

— É mesmo! O pai do Ícaro, construtor do labirinto! Seu avô deixou uma pista, Nick!

— Caramba, como ele é esperto! Vamos voltar para o escritório dele, Irina. Isso tudo certamente entra na categoria de emergência!

A dupla começou a vasculhar as prateleiras recheadas de livros, além de revirar a bagunça no chão feita pelos invasores, que espalharam todo o conteúdo das gavetas da escrivaninha no chão. Nick estava bem mais afobado, sem conseguir focar muito na tarefa, pois não conseguia parar de pensar no avô, apesar de a única maneira de ajudá-lo imediatamente fosse com o que ele estava fazendo. Esses paradoxos curiosos são comuns quando nos deparamos com situações impossíveis.

O garoto continuou folheando documentos a esmo quando percebeu que Irina estava parada na frente de um livro específico havia algum tempo.

— O que foi, Irina?

— Tem um livro aqui que claramente é uma pista: *Guia de Creta antes de Cristo*.

— E qual é o problema? Vamos ler!

— O problema é exatamente esse, Nick. O livro não sai do lugar — a garota respondeu, frustrada, tentando dar mais um puxão no livro.

Nick se levantou e foi até a prateleira, olhando o livro bem de perto. Arriscou um puxão, só por desencargo de consciência, mas o volume continuou no mesmo lugar, teimoso. Depois de dar mais uma analisada, Nick percebeu que os livros que ficavam ao lado deste também não se mexiam, além de terem uma temática parecida: *Biologia do Minotauro* e *O voo de Ícaro*. Ele passou os dedos pela parte de cima dos livros, distraído, até que percebeu o *Guia* se mexendo levemente com a pressão na parte superior da lombada. O garoto continuou puxando, fazendo um arco com o livro, até que ele parou na metade do caminho, emitindo um sonoro *"click!"*.

Todo o pedaço da parede em que estava a prateleira se descolou, revelando uma passagem secreta para outro quarto, repleto de monitores, com uma pequena mesa contendo dois cadernos de anotação, um teclado, um mouse e um monitor principal. Todo o equipamento eletrônico daquela sala funcionava, provavelmente ligado a uma fonte de energia diferente da do restante da casa.

— Nick, seu avô tem uma *passagem secreta* em casa! — Irina disse, atordoada com toda a situação.

— Uau, meu avô é *muito* legal! Ele provavelmente deixou alguma coisa nesse computador! — o garoto falou, já se sentando na cadeira e apertando uma tecla do teclado para suspender o modo de espera do computador.

A tela que surgiu no monitor não se parecia com nenhum sistema operacional comum. Um grande retângulo verde com um cursor oscilante ocupava boa parte dela, com um grande "SENHA" escrito logo acima. Nenhum outro botão aparecia e o mouse parecia ser inútil antes de o computador ser destravado.

— *Hmmm...* que tal... "Nicolas"? — Nick perguntou, digitando seu próprio nome seguido da tecla *enter*.

O computador emitiu um ruído muito alto de erro e, abaixo do retângulo, surgiu o texto "DUAS TENTATIVAS RESTANTES".

— Que tal a gente pensar um pouco antes de sair digitando qualquer coisa? — Irina disse, cruzando os braços.

— É... foi mal...

— Foi a palavra "Dédalo" que nos trouxe aqui, então acho que precisamos tentar algo relacionado às lendas gregas... Mas são tantas opções!

— Sim, mas provavelmente vai ser algo ligado ao Dédalo. Ele construiu o labirinto do Minotauro, né?

— É, mas qual usamos? *Labirinto* ou *Minotauro*?

— Bem, nós meio que *estamos* num labirinto, tentando encontrar a resposta que o seu avô quer. Por que não?

Nick digitou "Minotauro" seguido por *enter*, apenas para ouvir o som de erro novamente. Restava uma única tentativa; o texto que indicava que a próxima seria a última chance ficou vermelho.

— Ai, *caspita*! E agora, Irina?

— Eu... Eu não sei, Nick. É melhor pensarmos muito bem antes de tentar outra coisa...

A garota ficou muito séria, roendo a unha do polegar direito, enquanto pensava nos milhares de opções de senha. Quase era possível ouvir as engrenagens daquela mente engenhosa se movendo. Nick admirava a inteligência da amiga, mas ele normalmente recorria à sua intuição para resolver problemas. Quase sempre funcionava, como se uma espécie de sexto sentido o guiasse em situações tensas. Ele fechou os olhos, respirou fundo e repassou as últimas horas em sua cabeça.

Como se a proverbial lâmpada da ideia se acendesse sobre a cabeça de Nick, o garoto abriu os olhos e digitou uma palavra rapidamente, apertando o *enter* em seguida bem forte.

— Nick, *não*!

— Irina mal teve tempo de falar e já esperava pelo pior, quando o monitor piscou e as palavras "BEM-VINDO, AMÉRICO" apareceram, garrafais, na tela.

— O... O que você digitou? — a garota perguntou, abismada com chute do amigo.

— Ícaro — Nick respondeu. — Os dois livros ao lado do *Guia de Creta* eram sobre Minotauro e Ícaro... Como um não funcionou, só podia ser o outro!

— Caramba, Nick, e se não fosse?

— Confiei no meu instinto. Meu avô sabia que eu confiaria.

Agora a tela do computador mostrava algo bem parecido com os sistemas convencionais. Um arquivo na área de trabalho estava nomeado "Nick.txt". O garoto clicou duas vezes sobre ele, esperando alguma orientação para sair daquela loucura toda. Em vez disso, encontrou mais loucura.

Todo o texto do arquivo era um amontoado de letras, números e símbolos, que não faziam o menor sentido:

-aVmgHvLavS6uQfFOJX87-hqf9z0AEaXVI2wfbGo3vi-
-X3ULQFxJyhoN1gUgt3uFUlS9d35lSlpbe0EX7yC4it-
QY0P2U0xEm0JcRPBvY-5ZMQCcs1lG9UU_c7WMNlc4I-
7V9AyBT6XR6rAElub8Y6NFt2JXUayVIqbf1h4rEPDbuI-
jWpOTym5Jm3CrTYUvYa7uutn0ZhBk_7mO4n4Vx7k-

-XD0vW0gfq7j-3ZAqAQQfUGWhYOzd0hfsDNt1NL8DQ-
q2yqGQ3pTZNHhaxJVWECNeQzxZV-wnIqq-OCOW-
F4Ne2SDWkWjjgMeeXYdxbAqORExnndlM4qHHT-
vLk8YmU8Jfk0rZBotK1jVEAlKopIUc1GiPKw3qvdyubAL-
m8lKew8FTRfLOa90xzqlErfn0ZuiVO0ww0g_miwDB-
MLd4_ZG2hw58AQX_t30H1HWe6ijj85M-L8Cd4oc8kef-
9kgC0RmpX-LDcXOrUeEHWqRD40psb_ZIXnrweARd-
qcTsN6ICJIkbljNlkUX5K6IPdjrkGmJquXzqIgTDuR-
MtoxY1-ndp5l-1SjVFVgVUlWyFvnwInUFzsDRK85oLy-
wZ7JtZQWMws6IuxJOFl0X0O-4dwNJKCWqk44N-
G3YWgreEYxI6IOAd3uhYMu9_bctz5_PXxNu5L_-kyt-
-7xD5ggxqMQykIqF9xq1LoKm8uBi1Z-1YWsyOHhfQhT-
NQ28AVh2_h0krzbTAAt5rYXcIUZRDYsaZ5Ope95t_tSy-
TqUHhH_5QECE_Pi1PNWOFxLpaePvuAB8lD0-y0XuIr-
SaSnCmvkaY3XhBD-a3hkbzqr0JezCwRY8Ft4-0m9k-
MiRUTd161Fg5wQhfEdKPOUn1W4BvxC2ofpZpzea-
cHBbG5S-czNxztYhMS9-Ss_SV_1_SxwYw_POYAa-
mJbU8qWIAhSNJv5SBtCk1W0sYKglOne5Bggqu3U7hI-
98xHByIAs8VR_tJIexX69FbpJHFgFua098nHivjHGk40_
JdcjMf4qowAO_Yt70RmaYuSfN1E3fo8Vr4I8Qny_R07Me-
9CP8F_tH0fxHJaOOnQcEx_H2DzRDuRF_Sr1tUfP-q-
6zaE4Mm29RGEW13ni7cea6-HgW9wxinucRwQZrX0O-
4wC9hyRIFNcNO6v3s51fN8zg4QxIUhdiopWwVhWPA-
ZxkbMivXHl7o6_eYevGT5rKx34LV7eJV3fESjXJHJS-

pLlsc4MCefAaNHBGvTV4ADEacnRfoKybJMvwOzWh-3dOK08meLrLkW44S56cgcD_8xkd_Lm1Y4vbiERq_MaI-3QBVHN7F0o-esenOalzvyRf4cL1V2xCdZk-

— É isso, então. Meu vô enlouqueceu e agora uma tia doida quer uma pedra aí pra soltar ele!

— Calma, Nick. É só um arquivo criptografado. Deixa comigo.

A garota sentou-se na cadeira no lugar de Nick e começou a digitar furiosamente, abrindo janelas novas recheadas de códigos que se mexiam de uma forma que parecia aleatória para um leigo, enquanto o texto do documento original ia se transformando aos poucos, como se fosse um cubo mágico se resolvendo sozinho. Para Nick, era como ver uma nova sequência de *Matrix* ao vivo.

Após alguns momentos de programação alucinante, Irina soltou um "A-há!" animado, apertou uma tecla com entusiasmo e o amontoado de letras se reorganizou em um recado do avô de Nick:

Nicolas,
Se você está lendo isso, quer dizer que as coisas não deram muito certo. Por sorte, seu avô é um cara prevenido e ajeitou tudo.

Antes de mais nada, gostaria de parabenizar a Irina por decodificar este arquivo (sim, eu tinha certeza de que ela te ajudaria). As respostas de que vocês precisam estão próximas:

-23.556187, -46.633291

– Um grande abraço,
Américo

Logo após ler, Nick soltou um suspiro.

— Por que nada pode ser simples? Te sequestraram, vô! Poxa! — o garoto gritou com a tela, frustrado.

— Calma, Nick. Tenho certeza de que o Seu Américo tinha um ótimo motivo pra ser tão misterioso. Me dá um minutinho...

A garota abriu mais algumas telas, acessou um serviço de mapas e colou os números que constavam no fim da mensagem, que Nick percebeu que eram coordenadas. Elas apontavam para uma pequena loja japonesa tradicional do bairro da Liberdade.

CAPÍTULO 4

Dinamarca, dez anos atrás. Residência dos Hagen.

Era uma noite de sexta-feira, ou seja, o dia do jantar de hot-dog na casa da família Hagen. Esse prato era tradicionalmente preparado por todos, cada um com uma tarefa. Karen, uma garota alegre de onze anos com cabelos muito escuros, já tinha cortado e condimentado os pães, e olhava impaciente enquanto seu pai acabava de escorrer as salsichas e sua mãe terminava de fritar o alho.

— Pai, vai demorar muito? Estou com muita fome! O professor de Educação Física nos fez correr vinte vezes ao redor da escola, no meio da neve!

— E você conseguiu dar as vinte voltas?

— Mas é *claro*, pai. Fui a primeira.

— É, Agnetta, parece que temos uma pequena campeã nesta casa — o pai comentou com a mãe, se divertindo com a situação.

— Pois é, parece que hoje ela merece um hot-dog como troféu, Klaus — a mãe respondeu, entrando na brincadeira e dando uma piscadinha para Karen.

Naquele momento, bateram à porta da casa. Klaus jogou o pano de prato por cima do ombro, como costumava fazer quando cozinhava, e foi atender enquanto Agnetta e Karen terminavam os preparativos. Tudo parecia bem, até que ele voltou, sorrateiro, sussurrando para a esposa:

— Agnetta, leve a Karen lá para cima e se escondam agora mesmo!

— O que foi, pai? Quem é?

— *Shhh...* Vamos logo, Karen. Siga a sua mãe e fique bem quietinha, campeã.

— Mas...

— Vamos, filha — Agnetta sussurrou, firme. — Temos que ir o mais rápido possível.

As duas subiram as escadas na ponta dos pés enquanto Klaus pegava a sua raquete de *badminton* e apagava as luzes do andar térreo, na esperança de ter uma vantagem sobre quem estava na porta. Elas estavam quase na base do terceiro andar quando um estrondo altíssimo ressoou pela casa, como se a porta da frente tivesse explodido em milhares de pedaços com uma força surpreendente.

Agnetta, assustada, puxou Karen pelo braço rapidamente até o quarto da garota. Lá, abriu o guarda-roupa, revelou um fundo falso que a filha nunca tinha visto e pediu para ela deitar no pequeno espaço, claramente planejado para uma garotinha do seu tamanho.

— Preciso que você fique bem quietinha aqui dentro, tudo bem?

— Mãe, eu tô com medo!

— Eu sei, querida, eu sei... — Agnetta respondeu, dando um abraço apertado na filha. Lágrimas estavam escorrendo pelos cantos dos seus olhos, apesar da aparência de total concentração no que estava fazendo.

Mais um baque forte ressoou do térreo, como se um corpo tivesse sido jogado contra a parede, seguido por um "crack!" e um urro de dor de Klaus. Agnetta olhou para a porta em um sobressalto e correu para fora do quarto da filha, em direção ao cômodo do casal.

— Eu não estou com ela! — Klaus gritou para o seu agressor, seguido por mais um urro de dor conforme a violência continuava.

Agnetta retornou correndo para a garota, que estava aterrorizada no fundo falso. A mãe se ajoelhou, ofegante, e lhe ofereceu um pequeno saquinho de veludo preto com um cordão vermelho.

— Filha, é *muito* importante que você cuide bem deste pacote.

— Mas por quê? Quem são eles, mãe? — perguntou a garota, chorando aos soluços.

— Karen, preste atenção. É essencial que você fique bem quieta e cuide do pacote, entendeu?

— Entendi, mas...

— Prometa que vai fazer isso, filha. Preciso ajudar o seu pai.

Como que esperando uma deixa, um barulho horrível e meio molhado ressoou, acompanhado de mais um grito de Klaus.

— E-eu prometo, mãe.

— Agora deite e lembre-se: sem dar um pio! — Agnetta disse, enquanto puxava a tábua do fundo falso.

— Mãe... Eu te amo.

— E eu te amo, querida. Seu pai também... Para sempre. — Lágrimas jorravam pelo rosto de sua mãe, que finalmente fechou a filha no local seguro e partiu para o térreo.

Bem no patamar da escada, Klaus estava caído, todo ensanguentado e com as pernas quebradas, desacordado, enquanto o invasor vasculhava a sala de estar à procura de algo. Agnetta pegou uma das facas na cozinha e encarou o agressor, com a mão trêmula.

— Você nunca vai encontrá-la! Não é merecedor, maldito!

— E quem é você para definir mérito? — respondeu o homem, com um tom quase de diversão. — De que adianta ter poder se não vai usá-lo? Você e seu marido são hipócritas.

Klaus acordou e tentou ir na direção de Agnetta, sussurrando algo que a mulher não conseguiu ouvir. O invasor caminhou rápido em direção ao homem caído, tirou um facão da cintura e transpassou o peito de Klaus, matando-o instantaneamente. Num arroubo de fúria e desespero, Agnetta urrou e pulou para cima do agressor, com a faca levantada sobre a cabeça com as duas mãos.

Karen escutou os gritos e ameaças, culminando no berro de sua mãe. Seu medo e ansiedade pareciam ter escorrido para o embrulho que Agnetta lhe deu, pois uma luz amarela intensa começou a surgir dele. Assustada, a garota colocou-o debaixo da blusa que estava usando e fechou os olhos, se encolhendo no espaço apertado.

Agnetta estava de joelhos, quase desmaiando, quando o intruso se aproximou dela por trás lentamente. Em um ímpeto de energia, ela girou a faca de cozinha, decepando dois dedos da mão que o homem havia esticado em sua direção. Com um grito que misturava dor e ódio, o invasor girou o facão com força e precisão, decepando a cabeça da mulher. Ele colocou a mão intacta no bolso da calça, segurando algo com força; uma corrente elétrica azulada passou por seu corpo, se concentrando nos tocos dos dedos cortados e cauterizando a área.

O bandido começou a vasculhar a casa freneticamente, já calculando que não demoraria até que a polícia aparecesse. Arremessando toda sorte de objetos para o chão e revirando gavetas, ele transitou por todos os cômodos da casa – e passou direto pelo esconderijo de Karen. Após alguns minutos, com um grito de frustração, partiu da casa, deixando seu rastro de morte e destruição para trás, junto de seus dois dedos.

Algum tempo depois, a garota julgou que seria seguro deixar o esconderijo e correu pela casa procurando seus pais, mas sem ousar chamá-los em voz alta. Ela chegou ao térreo e caiu de joelhos, chorando descontroladamente ao encontrar os corpos de Klaus e Agnetta. Depois de alguns instantes, Karen encontrou uma fonte inesgotável de fúria dentro de si, crescendo cada vez mais e se projetando para fora como um vulcão, com uma força que ela nunca havia sentido.

Essa fúria fez o embrulho que a sua mãe havia lhe dado ficar incandescente, queimando o veludo e revelando uma pedra escura, parecida com um pedaço de carvão, que emitia um brilho avermelhado que ficava cada vez mais forte, até irromper num turbilhão de chamas que varreu o hall de entrada da casa. Ela podia sentir sua raiva alimentando e direcionando as chamas, que, curiosamente, não a queimavam, mas estavam devastando tudo que tocavam.

Karen cambaleou para fora da casa e, sem olhar para trás, começou a seguir as pegadas do assassino de seus pais. Porém, o calor que ela emanava era tão intenso que a neve começou a derreter em um raio de cinco metros ao seu redor, fazendo com que ela perdesse o rastro. Jurando vingança, ela aguardou que a polícia e os bombeiros chegassem. Karen nunca disse uma palavra sobre o que aconteceu naquela noite.

Dinamarca, sete anos atrás. Orfanato de Copenhague.

— ... até hoje. Agora você entende por que faço o que faço.
— Meu Deus, Karen! — exclamou Soren, aterrorizado. — Mas por que você não falou disso para as autoridades?
Soren era um garoto taciturno que mantinha os longos cabelos loiros presos em um rabo de cavalo desde a pré-adolescência. Ele já mostrava um gosto por trajes bem-feitos e formais, e sua devoção a Karen foi a única coisa que quebrou sua letargia nos dezesseis anos que havia passado no

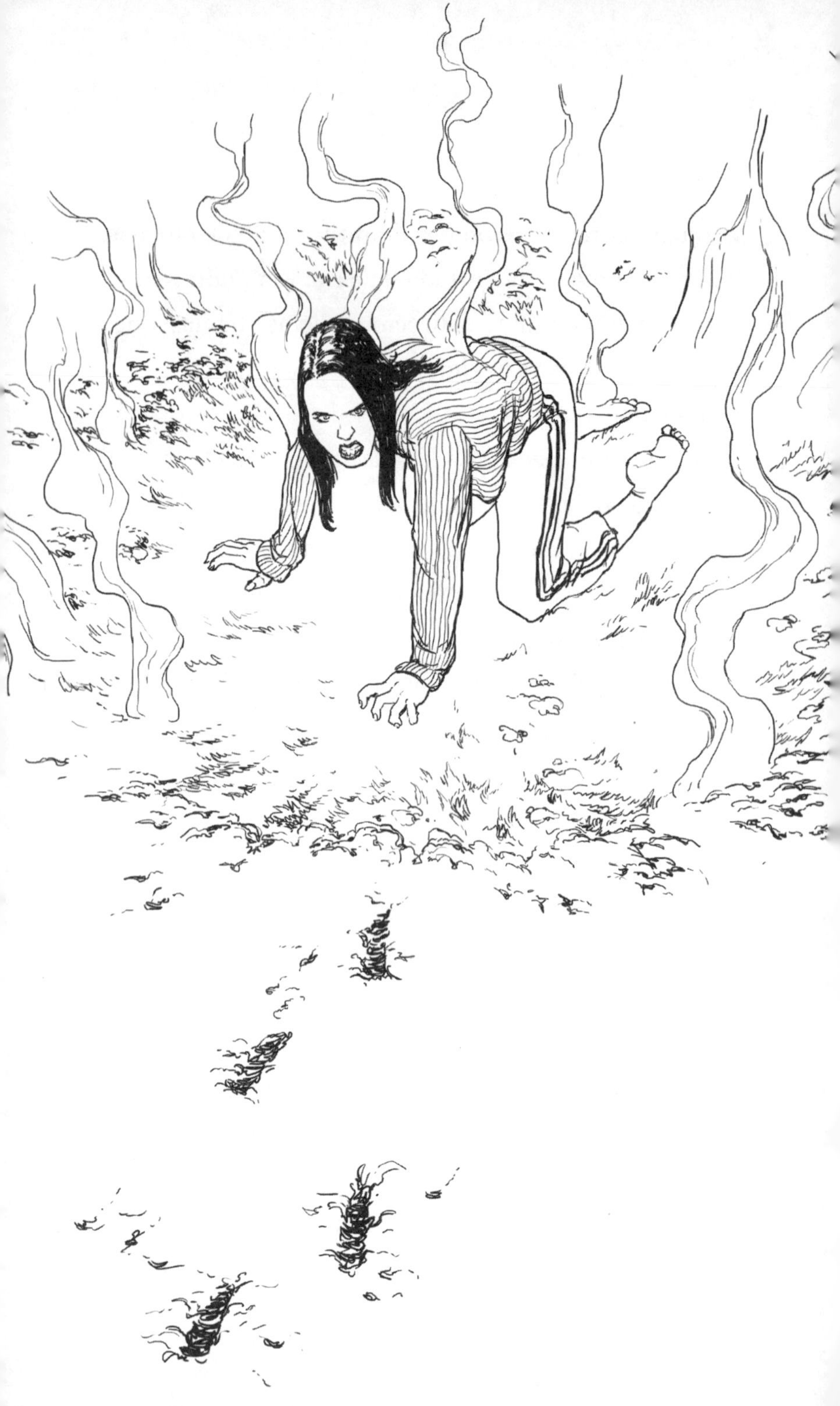

orfanato até então. Deixado na porta do local quando não passava de um recém-nascido, Soren quase morreu pela exposição aos elementos enquanto não era descoberto pela equipe. Como se tivesse se lembrado daquele descaso inicial, nunca se apegou a nenhuma pessoa – até a garota chegar, com as roupas ainda cheias de fuligem, há três anos.

— Porque eu quero ter esse maldito só para mim. Ele vai desejar nunca ter nascido... — a garota respondeu sibilando entre os dentes, trêmula de raiva, com uma única lágrima escorrendo do olho direito.

— E eu vou te ajudar a pegá-lo, Karen. Depois do que fez por mim, juro por tudo que é mais sagrado.

— Consegui uns contatos do submundo que vão ajudar a requentar a pista do maldito. É claro que isso não virá de graça, teremos que fazer o trabalho sujo deles para receber o que precisamos.

— Isso não é problema — o garoto disse, apontando com o dedão o corpo desacordado da diretora do orfanato. — A parte difícil vai ser continuarmos vivos.

— Relaxe, Soren. Com isto aqui, nossa vantagem competitiva é enorme — Karen respondeu, mostrando a pedra parecida com carvão.

— Ainda mais agora que você aprendeu a controlar direitinho...

Demonstrando suas habilidades, Karen fez a pedra gerar uma fênix feita de chamas, que voou até o lado oposto da sala, batendo na parede e se espalhando, dando início ao incêndio que reduziria o prédio a cinzas.

— *Ninguém* ficará no nosso caminho, Soren.

São Paulo, hoje.

Nick e Irina foram até a lojinha japonesa na Liberdade bem cedo, no dia seguinte à descoberta do compartimento secreto no sobrado dos Pereira. O lugar era tão neutro, tão camuflado na estética do bairro japonês da cidade, que era muito fácil passar batido sem nem ao menos notar a sua fachada.

Eles entraram no pequeno espaço abarrotado de traquitanas, bugigangas e artigos tradicionais japoneses. Quase toda prateleira e nicho tinha pelo menos um daqueles gatinhos dourados e os *darumas*, alguns deles já com um dos olhos pintados, o que indicava um desejo a ser realizado.

— Caraca, isso aqui tá parecendo um depósito de tranqueira... — comentou Nick, olhando para o amontoado de objetos que quase alcançava o teto em todas as paredes.

— *Shhhh*! Que falta de educação, Nick! Vai que ela escuta... — disse Irina, indicando com a cabeça a única outra pessoa no recinto.

Era uma senhora japonesa que já aparentava muita idade. Ela estava com os braços apoiados no balcão, completamente imóvel. Parecia não ter registrado a entrada dos jovens na loja.

— *Ahnn...* Oi? Senhora? Meu nome é Nicolas, sou neto do Américo Pereira. — Depois de alguns segundos de silêncio, Nick emendou: — Ele meio que me mandou vir aqui? Pelo computador?

A senhora nem mesmo piscou.

— *Erm...* Por acaso o nome "Dédalo" significa algo para a senhora? — perguntou Irina, esperançosa.

Não tiveram nenhuma reação.

— *Aloooooooouuuu...* — gritou Nick, agitando a mão na frente do rosto da japonesa.

Irina ficou vermelha de vergonha.

A mulher se virou e entrou por uma porta para os fundos da loja, deixando os dois sozinhos do outro lado do balcão. Nick agia como se nada de estranho estivesse acontecendo, mas Irina estava muito irritada com ele.

— Nicolas Pereira, o que deu em você? Que horror!

— O que foi, Irina?

— O que foi? Eu sei que você tá preocupado com o seu avô, e eu também estou, mas isso não se faz! Você tem que tratar as pessoas direito!

— Desculpa, Irina. Eu tô nervoso mesmo, minha vontade é de virar um mutante que nem o Míssil e sair voando por aí, explodindo paredes, até achar o meu vô!

— Mas como não dá pra fazer isso, que tal imitar um James Bond e ser supereducado e esperto para que te ajudem?

— É... Bem melhor, né? Garçom, quero um suco de laranja mexido, não batido — Nick imitou o agente secreto, tirando uma risada da amiga.

A porta dos fundos se abriu e a senhora japonesa voltou a aparecer. Ela parou por um instante, levantou a parte móvel do balcão e fez um gesto para que os jovens entrassem. Os dois se entreolharam sem entender nada que estava acontecendo antes de obedecerem e passarem pela porta.

O cômodo dos fundos era bem pequeno, com cerca de vinte metros quadrados. Estantes vazias dominavam as paredes e uma mesa simples com três cadeiras – duas de um lado e uma de outro – ocupava o centro da sala. A senhora fechou a porta atrás deles e se sentou no lado da mesa que tinha apenas uma cadeira, fazendo um gesto para que a dupla se sentasse.

— Vocês vieram atrás da pedra — a idosa disse.

— É, sim. Mas não sabemos por que querem tanto essa pedra, senhora — respondeu Irina.

— Essa pedra que vocês procuram é muito especial. Américo-san sabia o quanto. Por isso a deixou comigo.

— Você tá com a pedra? Maravilha! Então, você pode nos dar e eu vou buscar o meu avô! — Nick já estava quase comemorando.

— Não.

Os amigos se entreolharam mais uma vez, incrédulos.

— *Aham*... Senhora... O Seu Américo foi sequestrado por causa dessa pedra e tudo o que queremos é que ele volte para casa são e salvo. Você também não quer isso?

— Não — a mulher disse mais uma vez.

— Olha aqui, minha senhora! — Nick bateu forte na mesa, se levantando e derrubando a cadeira. — Você tem cinco segundos para me dar essa pedra, senão vou ter que arrancar ela da sua mão, entendeu?

— Cinco — a senhora disse.

— Acha que eu tô brincando? É do meu avô que estamos falando e eu vou fazer o que for preciso pra resgatar ele!

— Três.

— Dona, eu tô perdendo a paciência! — gritou o garoto, colocando um pé sobre a mesa.

— Um.

A senhora abriu a mão direita em um gesto que simulava uma flor se abrindo e a apontou para Nick. Imediatamente, um vento fortíssimo surgiu do nada, suspendeu o garoto no ar e o jogou contra a estante da parede, deixando-o prensado como se grandes mãos feitas de vento resolvessem que ele precisava esfriar a cabeça.

— Mas... Mas o que... — balbuciou o garoto, sem conseguir entender o que acontecia.

— Meu nome é Yoko Kubo, tenho cento e trinta anos e há muito que você precisa aprender, jovenzinho. Começando por respeito...

Yoko fechou a mão e o vento parou instantaneamente, derrubando Nick de bunda no chão. Mais uma vez, ela acenou para que o rapaz se sentasse, o que ele fez, relutante. Assim que tudo voltou ao normal e o queixo de Irina voltou do chão para a sua boca, a senhora começou a contar uma história para a dupla:

— Há milhares de anos, um meteoro colidiu com a Terra nas montanhas da Mesopotâmia, antes mesmo dos sumérios. O impacto foi tremendo, apesar do tamanho diminuto da rocha, e seu estrondo foi ouvido numa distância enorme; a luz emanada do impacto pôde ser vista a muitas léguas de distância.

Quando um pastor chegou ao local do impacto para averiguar o que tinha acontecido, encontrou uma grande esfera, rachada ao meio, feita de um material que ele nunca tinha visto. Encrustada nessas metades estavam sete pedras coloridas que emitiam um leve brilho no ar, destacando-as do resto da massa que havia atingido o chão.

Ao remover as pedras do seu invólucro, o pastor descobriu que elas tinham poderes especiais. Quatro controlavam os elementos principais: ar, fogo, terra e água. Outras três tinham poderes diferentes: eletricidade, materialização e desmaterialização de objetos e controle mental.

Percebendo o potencial tanto para a evolução da raça humana quanto para destruir o planeta, o pastor levou as pedras e as dividiu entre seus sete filhos. Estes, por sua vez, se espalharam pelo mundo, criando maravilhas e arrasando civilizações em seus percursos. As pedras foram passadas de geração em geração para os herdeiros diretos de cada portador, pois elas só funcionavam com parentes consanguíneos.

Ao longo das eras, a influência das pedras é notável, já que grandes feitos da humanidade, como as pirâmides do Egito e a Muralha da China, por exemplo, foram possíveis graças a seus poderes. Imperadores, faraós e conquistadores, todos eram descendentes dos sete filhos originais, moldando o mundo dos homens de acordo com suas vontades, graças a seus poderes extraordinários.

Conforme o mundo mudava e evoluía, algumas pedras se perderam devido à ganância de herdeiros, enquanto outras foram escondidas, removidas da sociedade em prol de um bem maior.

— Seu avô tinha uma dessas pedras, garoto. Vocês são descendentes daquele pastor — completou a senhora, depois de finalizar a história.

— V-você tá dizendo que eu posso... ter *poderes*?

— Exatamente, garoto. A pedra do seu avô era a que controla o ar. Aqui. — A senhora jogou casualmente a pedra para Nick, que a pegou com facilidade.

A pedra do ar era branca, quase transparente, e lembrava muito um pedaço de quartzo. Era incrivelmente leve, como se fosse feita do próprio ar, apesar de ser impossível. Ao tocá-la, Nick sentiu uma espécie de energia correndo de seus dedos para o resto do corpo, preenchendo-o com uma vitalidade sobrenatural.

— E... E como funciona? — ele perguntou, pasmo.

— Você vai saber de tudo com o tempo, garoto. Seu avô deixou tudo explicado — ao dizer isso, Yoko fez um outro gesto mais elaborado com as duas mãos, materializando um caderno grande de capa vermelha com "Para Nicolas" escrito na capa.

— Uau! Você tem um *chirrin chirrion* do Chapolin? — Nick disse, ainda mais impressionado do que com os ventos de alguns minutos atrás.

À guisa de resposta, Yoko colocou a mão em um bolso e retirou outra pedra. Esta era uma pedra esférica, bem-polida, com uma superfície transparente e milhares de veios brancos, marrons e acobreados em seu interior; era como se um minúsculo novelo de lã tivesse sido vitrificado. O minério era hipnotizante.

— Olha, Nick! — disse Irina, apontando para o caderno materializado. — É a letra do seu avô!

— Caramba, é mesmo! Então o meu avô deixou isso com você, dona?

Yoko assentiu com a cabeça, ainda com a pedra na mão.

— Bom, se ele confia na senhora, eu também confio. Me desculpe pela tiração de sarro de antes. Vou parar de julgar as pessoas pela aparência.

— Muito bem, garoto — disse Yoko, satisfeita. — Você aprendeu a sua primeira lição. Agora, abra o caderno para aprender a segunda.

Nick abriu o caderno e encontrou todas as páginas cobertas de escritos codificados, com cada pedacinho de papel preenchido com uma letra. Enquanto o garoto sorria, Irina parecia preocupada.

— Ai, nunca vi algo parecido! Como a gente decodifica? Mais mitologia grega?

— Que nada, Irina. Isso aqui é Zenit Polar — respondeu Nick, confiante e contente por ter a chance de ensinar algo à amiga, quando normalmente o oposto acontecia. — Olha só... dona Yoko, poderia fazer uns papéis e uma caneta aparecerem, por favor?

Depois de mais um movimento complexo com as mãos, uma resma de papéis e um pote de canetas surgiram sobre a mesa. Yoko deu um pequeno sorriso, contente em notar que o garoto tinha potencial, e saiu da sala, deixando os dois a sós. Nick pegou uma folha e fez uma tabela com letras bem grandes.

Z	E	N	I	T
P	O	L	A	R

— Esse código funciona trocando as letras da linha de cima pelas de baixo e vice-versa — explicou, empolgado. — Então "Irina", por exemplo, vira "Atali"... Olha aqui, o vô escreveu sobre você!

— Mas como você vai ler tudo isso codificado, Nick? Vai levar um tempão!

— Que nada, o vô e eu vivíamos escrevendo cartas com esse código. Já virou algo quase automático pra mim! Olha aqui, vou transcrever a primeira página pra você...

E então o garoto começou a escrever rapidamente, como se estivesse simplesmente copiando um texto:

Nick,

Como você já deve ter percebido a esta altura do campeonato, há muita coisa em jogo nesta situação. Se você estiver lendo este caderno, ou estou morto, ou me sequestraram: em ambos os casos, é importantíssimo que você <u>não</u> tente me resgatar.

Depois de séculos de estudos, nossa família descobriu outras propriedades das pedras, e duas delas são muito importantes para justificar esse movimento de ocultação: 1) elas ficam mais fortes quando estão próximas umas das outras e 2) não é preciso ser descendente direto do pastor para usá-las. É claro, a ligação de sangue tem suas vantagens, tornando a ativação da pedra mais fácil, mas se ela for passada de boa vontade para outra pessoa ou se o portador original for assassinado, cederá seu poder a qualquer pessoa. Ou seja, com o treino adequado, a Irina também poderia usá-las (olá, Irina!).

Seus pais e eu dedicamos nossas vidas a encontrar e proteger as pedras para que elas nunca caiam em mãos erradas, já que as consequências de uma única pessoa reunir todas as pedras seriam catastróficas. Nos últimos anos, uma organização sinistra e misteriosa caçou pedras de poder por todos os cantos do planeta. Agora, imagine o que um gênio do mal, com recursos demais e moralidade de menos, faria com o planeta se reunisse as sete pedras. Imagine uma pessoa dessas com a pedra de controle mental, Nick.

A Yoko, que você deve ter conhecido ao receber isto aqui, é nossa coordenadora da Resistência no Oriente. Em vez de perder tempo atrás deste velho aqui, preciso que siga a última pista que recebemos, já que perdi contato com os seus pais. Preciso que você vá ao Egito e siga a pista do <u>escaravelho d'água</u>. Você vai encontrar as passagens aqui, no caderno.

Você sempre quis ter superpoderes e virar um super-herói da vida real, guri. Essa é a chance de salvar o planeta, e eu não acreditaria em nenhuma outra pessoa para segurar este peso. Dividi o caderno em seções, explicando exatamente como usar as pedras, como resgatar o dinheiro que reservei para esta situação e quem são nossos contatos em todos os países.

Toda a sorte do mundo, Nick. Mande um abraço por mim quando revir os seus pais.

— Américo

Nick terminou aquela página e tomou alguns momentos para absorver o que o avô estava pedindo. Ele não se sentia preparado para salvar o mundo – muito pelo contrário, aliás – e ainda estava tentando aceitar plenamente a história das pedras de poder. Afinal de contas, ele era só um *garoto*, ora bolas!

— Nick, pode contar comigo. Aonde você for, eu também vou — disse Irina, sorrindo.

— Valeu, Irina. Parece que vamos ter que ir para o Egito.

— É por onde vocês precisam começar — disse Yoko, que estava parada na porta da sala. — E vão precisar levar mais duas coisas.

Yoko foi até uma das prateleiras vazias nas paredes e, com um movimento rápido, fez aparecer dois passaportes, um para cada um deles. Nos documentos, tinham dezoito anos.

— José Carlos Stankovitz? Ana Júlia Rodrigues? Quem são esses? — perguntou Nick.

— São vocês. Essa organização obviamente conhece a sua família, já que chegaram ao seu avô. Estarão mais seguros com novos nomes.

— Bem pensado! — comentou Irina, se sentindo em um filme de espionagem. — E a segunda coisa?

Yoko estendeu a mão e soltou a pedra de materialização na mão de Irina.

— Eu a entrego de bom grado, garota. Use corretamente e fique viva — disse a senhora, muito séria.

Esse último comentário da senhora japonesa fez os dois jovens se arrepiarem. Até ali, tudo parecia uma aventura de cinema, e aquele foi o primeiro momento em que perceberam que as suas próprias vidas estariam em risco. Que, na verdade, a vida de milhões de pessoas estava em jogo.

CAPÍTULO 5

São Paulo, cinco anos atrás.

Os passeios de fim de semana de Nick e Américo também seguiam algumas tradições. Uma delas era a ida quinzenal ao Parque da Aclimação, onde o avô se encontrava com conhecidos para jogar partidas de xadrez. Não era o compromisso favorito do garoto, já que ele não se interessava pelo jogo e acabava sem ter o que fazer durante *horas* enquanto o avô se divertia, mas ele acompanhava Américo sem fazer cara feia, contente de poder fazer algo por ele.

Naquela ocasião, Américo encontrou-se com uma amiga de muitos anos que Nick conhecia bem, a dona Angélica. Ela já estava na casa dos sessenta anos, com os cabelos grisalhos bem longos, cruzados em uma única trança enorme que quase chegava à cintura. A amiga do avô gostava de usar roupas diferentes, com padrões de tingimento abstratos, franjas e cortes pouco usuais, reminiscentes de sua época *hippie*. Seu visual se completava com os óculos, bem finos e redondos, que pareciam ter saído direto do rosto do Harry Potter.

— Américo, meu querido! — a amiga disse, abrindo os braços para um abraço. — Bonitão como sempre!

— Angélica! Atrasada como sempre! — debochou o avô de Nick, dando uma piscadinha marota.

— O tempo não passa de um construto humano, meu caro... Oi, Nick! Tudo bem?

— Tudo, dona Angélica — respondeu o garoto, sem muito entusiasmo.

— Eu também trouxe a minha neta desta vez, acho que vocês vão se dar bem. Ô, Irina! Vem aqui dar um oi pro Nick!

Uma garota de rosto muito sério estava sentada num dos bancos ao redor das mesas de xadrez, lendo um livro muito grosso, de mais de mil páginas. Claramente contrariada, ela colocou o marcador de página, fechou o tijolo literário com força e começou a andar em direção ao grupo, se esforçando o tempo todo em voltar o rosto para uma expressão neutra. A menina passava a impressão de que a sua cabeça nunca parava de funcionar, coisa que ela também não conseguia disfarçar muito bem.

— Oi. Sou a Irina, muito prazer — disse a garota com uma saudação oriental, e logo depois se virou e começou a voltar para o seu banco.

Américo pareceu um tanto constrangido, mas Angélica não ligou e se sentou, começando a arrumar as peças.

— *Ahn*... Então, eu também vou lá... falar com ela... eu acho?

Nick só ganhou acenos de cabeça como resposta: um descontraído da avó da garota e outro um tanto nervoso do seu avô.

O menino se sentou ao lado de Irina e ficou alguns momentos em silêncio, estudando o que fazer. Para todos os efeitos, era como se ele não estivesse lá, já que a garota lia compenetradíssima, sem dar sinal de que havia registrado a sua presença.

Nick deu uma tossidinha. Esperou alguns momentos e tossiu de novo. Quando levantou a mão para tossir uma terceira vez, veio a resposta:

— Eu não tenho pastilha pra tosse...

— *Ah*! Não... É, eu... O que você tá lendo? — o garoto perguntou, todo atrapalhado.

— *Le Morte d'Arthur*... é um compilado de histórias do rei Arthur feito por um inglês, o Thomas Malory. É bem interessante.

— *Hmmm...* Que legal! Eu gosto de Idade Média... — arriscou Nick.

Irina ignorou o comentário e voltou a ler, tão concentrada quanto antes.

Entregue aos próprios pensamentos, Nick começou a procurar algo para se distrair. Inspirado pelo livro de Irina, se pôs a imaginar como seria viver na Inglaterra dos tempos do rei Arthur. Será que ele seria um prestigioso arqueiro, de peito largo, integrante do Exército Britânico? Ou então um caçador de recompensas, vagando pela vasta ilha inglesa atrás de malfeitores? Possivelmente, ele pensou, estaria mais para o bobo da corte de Arthur, já que proezas físicas não eram o seu forte.

Ele começou a rir sozinho, pensando em piadas e pegadinhas que faria nos tempos medievais se fosse um bobo da corte, quando a garota se manifestou:

— O que é tão engraçado, garoto? Eu estou lendo aqui, sabia?

— Desculpa, eu só tava imaginando como seria viver na Idade Média.

— E isso é engraçado? Guerras, doenças, expectativa de vida baixa? — Irina ainda estava irritada, porém ficou um pouco aliviada, como se estivesse pensado que Nick estava rindo *dela*.

— Não, essa parte não... Mas imagina tirar um sarro da cara do Galahad, isso seria divertido!

Irina deu um leve sorriso, conteve o riso e depois explodiu em uma gargalhada bem alta, que fez os avós olharem na direção deles. Nick não sabia onde enfiar a cara.

— Desculpa, desculpa. Eu não tô rindo de você, pode ficar tranquilo. É que eu também costumo fazer isso, sabe?

— Dar risada sozinha?

— Não, idiota! De me imaginar em outras situações, em outros mundos... Eu passei meses imaginando como seria ir para Hogwarts depois de ler *Harry Potter* e já perdi as contas das vezes que fingi caçar pokémons neste parque.

— Puxa, sério? Eu também! Aposto que você seria da Corvinal...

— E você, da Lufa-Lufa! — A garota disparou, claramente se divertindo. — Mas te garanto que, se a gente estivesse na Idade Média, de repente eu seria da monarquia ou uma grande guerreira.

— Seria legal guerrear, mas isso normalmente não era feito pelos homens? — Nick perguntou, inocente.

— Já ouviu falar de Joana d'Arc... *plebeu*?

— É verdade, este humilde servo pede perdão, *milady*... — o garoto respondeu, entrando na brincadeira. — Talvez o bobo da corte possa tornar esta bela tarde mais divertida?

A dupla passou o restante do dia vivendo no seu próprio mundo do passado, sem nem precisar de uma máquina do tempo. A partir daquele momento, ambos ficavam muito animados para o passeio do xadrez e, depois que a família de Irina se mudou para perto do sobrado dos Pereira, os amigos se tornaram inseparáveis.

São Paulo, hoje.

O sobrado dos Pereira continuava uma tremenda bagunça, mas a energia havia voltado e roupas voavam para dentro de uma mala colocada sobre a cama de Nick. Irina estava sentada perto dessa mala, recolhendo as peças que erravam o alvo conforme seu amigo praticamente esvaziava o armário e jogava as roupas por cima do ombro enquanto falava quase sem parar para respirar.

— ... tipo, e se eu não chegar a tempo? E se essa gente não estiver lá? O que pode acontecer de pior com uns ventinhos a mais por aí?

— Nick... — Irina disse pela enésima vez, já sem muito entusiasmo, tentado acalmar o amigo.

— Eu preciso de uma faca. Não, de uma arma. Não, de uma bazuca! Você acha que é relativamente fácil pegar uma bazuca num quartel do Exército?

— Nick.

— Será que tem um covil secreto marcado no Google Maps? Esses malucos nem me disseram como é que eu falo com eles pra entregar a bendita da pedra...

— *NICK*! Para um minutinho e me escuta, por favor!

Com esse grito, o garoto parou e olhou ao redor como se percebesse onde estava e o que estava fazendo pela primeira vez. Com o "feitiço" quebrado, ele se sentou na cama ao lado da amiga e começou a dobrar as camisetas jogadas para ter o que fazer com as mãos.

— Eles *não* vão matar o seu avô, Nick. Se fizerem isso, por que você entregaria a pedra pra eles? Como eles iriam te obrigar? A vida dele está segura enquanto você tiver essa pedra... e eu, a minha.

— Falando nisso, eu acho que sei como usar esse treco. É estranho, como se ela quisesse falar comigo...

Irina entendia o que o amigo queria dizer. Sempre que segurava firmemente sua pedra, podia sentir uma energia correndo por todo o seu corpo, com uma sensação de que tudo era possível.

— Precisamos treinar para usar essas pedras, Nick. Olha só o que essas pessoas fizeram para pegar o seu avô... Precisamos estar preparados pra qualquer coisa.

— Acho que fiz um xixizinho nas calças agora...

— Para de dar uma de Peter Quill e vamos lá fora treinar!

Os amigos utilizaram vários objetos para treinar seus novos poderes de materialização e controle dos ventos. Tentaram encontrar as combinações certas, estudando o caderno de Américo e se concentrando para ativar os poderes de forma racional e tranquila, sem deixar as emoções dominarem – afinal, como diria Yoda, "o medo leva à raiva, a raiva leva ao ódio e o ódio leva ao sofrimento". Só pararam de madrugada, exaustos.

★ ★ ★

Já pegou o jeito com essa coisa aí? — o garoto perguntou, empolgado

— Quase... Já consigo fazer coisas pequenas aparecerem e desaparecerem. — Irina fez uma série de gestos e materializou uma cueca do Bob Esponja, chorando de rir.

— Rá, rá! — Nick disse, constrangido, jogando a cueca no corredor. — Olha só o que eu consigo fazer!

Nick correu na direção da janela do segundo andar o mais rápido que podia. Irina pensou que o amigo tinha enlouquecido de vez por conta da pressão.

Nos breves instantes que levou para chegar na janela, Nick se concentrou na sensação de leveza, na sensação etérea do ar, repetindo mentalmente palavras em latim relacionadas a isso, as mesmas que estavam anotadas no caderno de seu avô. Quando finalmente chegou na janela, o garoto pulou para o lado de fora, como se estivesse numa corrida com obstáculos, e começou a cair feito uma pedra... ou feito um garoto magrelo. Sua única ação foi gritar as palavras que antes repetia em sua mente:

— *Autem! Pendeo! Fugit!*

Irina, chocada, gritava, correndo na direção da janela o mais rápido que podia.

— NICK! Seu maluco! Vai se arrebentar todo!

Assim que chegou à janela e olhou para baixo, Irina encontrou o amigo numa pose de quem deita relaxadamente em uma rede, flutuando a poucos centímetros do chão. Depois do instante que levou para registrar o fato de que Nick não tinha se machucado, a garota começou a rir e comemorar.

— Legal, né?

— Demais! E você sempre quis ter o poder de voar!

— Talvez isso ajude a gente lá no Egito de alguma forma...

— Falando nisso, Nick, precisamos dar um jeito de convencer os meus pais!

— Relaxa que eu já pensei em tudo! — ele disse, confiante.

★ ★ ★

Naquela noite, Nick estava jantando na casa de Irina, o que acontecia esporadicamente, apesar de o mais comum ser a garota comer no sobrado com o amigo e o seu avô (ela gostava mais da comida do Seu Américo que a de sua casa). Ele aproveitou a ocasião para botar o plano em prática, inventando uma viagem para Curitiba para visitar parentes próximos; seus pais já estariam a caminho, enquanto Nick e o avô iriam no dia seguinte, e estavam convidando a garota para passar um tempo no Sul. Como o sequestro do avô coincidiu com a véspera de um feriado prolongado, eles tinham uma janela de tempo perfeita para correr até o Egito e voltar.

— Não sei não, Nicolas... — A mãe de Irina detestava apelidos e abreviações. Era, de muitas formas, o oposto da dona Angélica, mas não era má pessoa. — Não quero que a Irina dê trabalho lá em Curitiba.

— Imagina, dona Laura. Eu falo tanto da Irina que todo mundo quer que ela vá! Fora que ela é... *ahn...*

— Uma nerd — Irina completou sem tirar os olhos do tablet, que não saía do lado do prato durante as refeições. — E, como boa nerd, fico quieta boa parte do tempo.

A mãe de Irina não estava convencida, apesar dos argumentos empolgados de Nick, da aparente indiferença de Irina (que parecia sempre ajudar a provar um ponto com seus pais) e das ocasionais falas de "deixa a menina, amor" de seu Antônio, pai de Irina. Nick estava quase suando frio, mas a menina estava tranquila, pois já tinha um plano B caso esse saísse pela culatra.

— Vamos fazer o seguinte, eu falo com o seu avô e daí decidimos pelo telefone, Nicolas. Pode pedir para ele me ligar quando chegar em casa?

— Meu avô? *Ah*... É...

Nick estava à beira de um colapso, vermelho, quando Irina se intrometeu.

— Claro, mãe. Aliás, o Seu Américo queria que eu dormisse lá porque quer mostrar Júpiter no telescópio pra gente. É a época do ano que ele fica mais visível no céu, sabe?

— *Hmmm*... Tudo bem, mas com as condições de sempre, Irina: dentes escovados e você precisa voltar cedinho para não dar trabalho pro Seu Américo.

— Afirmativo, capitã! — disse a garota, dando a última garfada em seu prato e se levantando rapidamente, puxando o amigo. — Anda, Nick. Vamos perder o planeta!

Nick deu um sorrisinho sem graça para os pais de Irina e acenou fracamente com a mão enquanto era arrastado da sala de jantar. Laura estava desconfiada, como era de praxe, mas Antônio era da opinião de que crianças precisavam ser crianças e costumava dar mais liberdade à filha.

No caminho para o sobrado, Nick indagou Irina sobre como sairiam daquela roubada, mas a garota estava tranquila, com o notebook sobre o colo, digitando um código em um programa enquanto o ônibus sacolejava.

— É muito simples, Nick, tá vendo esse programa aqui? Ele simula a voz de uma pessoa e me deixa digitar o que eu quiser que seja dito. Já separei exemplos da voz do seu avô de arquivos do computador dele e dos vídeos daquela sua fase de youtuber.

— Não foi uma "fase", era um projeto sério!

— É mesmo, Nick? Você achou de verdade que o canal "Lâmpadas e Lamparinas" iria decolar?

— E por que não? Baita assunto interessante!

— Tá, o que interessa é que vai estar tudo pronto pro *Cyber América* conversar com a minha mãe quando chegarmos... se esse ônibus sacudir um pouquinho menos!

Eles chegaram à casa de Nick e fizeram a ligação direto do computador. O garoto ficou impressionado em como Irina sabia reproduzir a escolha de palavras e maneirismos do seu avô conforme digitava. Se estivesse do outro lado da ligação, o garoto poderia jurar que era mesmo com seu avô que dona Laura conversava. Depois de vários minutos de conversa e muitas garantias dadas pelo avô virtual, a mãe de Irina pediu para conversar com a filha, repetiu todas as precauções e regras uma última vez e permitiu que a garota viajasse para o "Paraná". Irina terminou a ligação com o aperto de uma tecla, triunfante, e sorriu para Nick.

— Olha, Irina, eu tô impressionado! Mas me diz, e se isso não existisse ou não funcionasse? Qual era o plano B?

— É simples, meu caro Watson, eu ia "passar o feriado com a vovó". Eu pediria para a minha vó Angélica dizer à minha mãe que eu estava lá e iria para o Egito com você. Não é a primeira vez que eu escapo do regime fechado da dona Laura — ela completou, com uma piscadinha travessa.

No dia seguinte, após uma breve parada na casa de Irina para pegar uma das três malas de viagem que ela sempre deixava prontas, eles estavam a caminho das pirâmides do Egito.

★ ★ ★

O Cairo era um lugar completamente diferente do que Nick esperava. Sua expectativa era algo saído de *Os caçadores da Arca perdida*, ou até mesmo de *Aladdin*, mas o que ele viu quando o avião fazia a descida para a aterrissagem era bem mais parecido com São Paulo, salvo algumas diferenças óbvias, como as pirâmides, impressionantes conquistas arquitetônicas brotando em uma das bordas da região metropolitana.

Aliás, a cidade lembrava São Paulo em um aspecto: ela era *lotada* de gente. Segundo Irina, que havia se tornado uma perita na região durante o voo, o Cairo tinha mais de vinte milhões de habitantes, sem falar nos milhares de turistas que visitavam o lugar durante todo o ano. Esta parte era boa, pois podiam se passar por mais dois turistas no mar de gente de todos os cantos do mundo que enchia ruas, restaurantes, hotéis e locais turísticos.

Alugaram um quarto na região do Cairo histórico, que não ficava muito perto das pirâmides, mas Nick insistiu por passar "uma *vibe* Indiana Jones". E, de fato, as construções antigas, a arquitetura com muita influência islâmica e as ruas estreitas davam a impressão de que haviam viajado no tempo. Na primeira noite, Nick estava praticando *parkour* no quarto, fingindo que era um personagem do jogo *Assassin's Creed*, enquanto Irina lia o caderno criptografado de Américo.

— *Requiescat in pace*! Há! Caramba, Irina, você ficou fluente em Zenit Polar em tão pouco tempo!

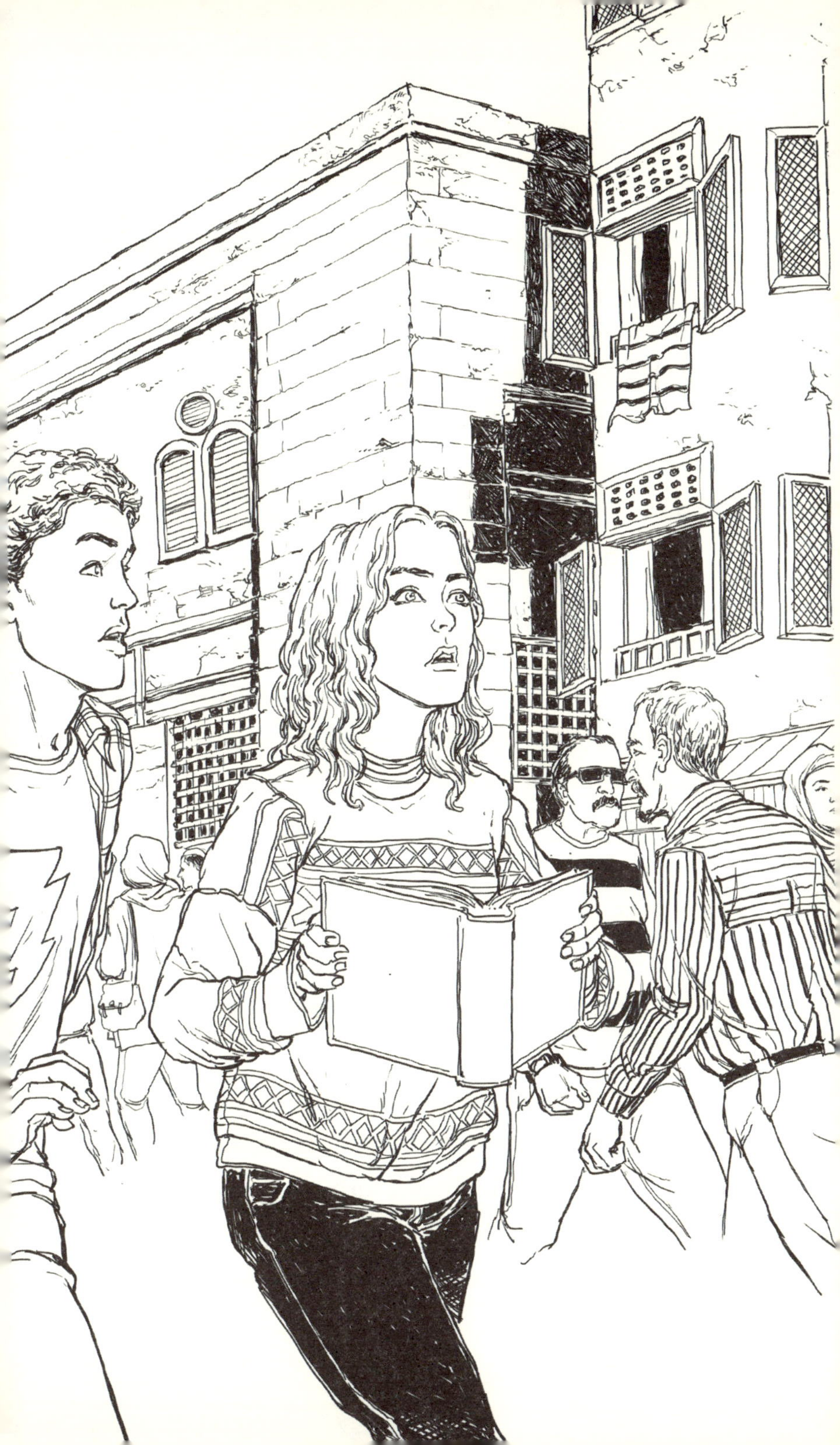

— Ah, eu adoro essas coisas, então acabo aprendendo bem rápido. Olha aqui, tem uma parte inteira do caderno dedicada às pirâmides de Gizé. Seu avô acha mesmo que tem uma pedra aqui!

— Amanhã a gente vai dar uma olhada! Já chamei um guia, ele vem nos buscar às oito. *Há*! — E continuou pulando pelo quarto, até acertar uma luminária com o pé e, envergonhado, colocá-la no lugar.

Na manhã seguinte, o guia os levou até as famosas pirâmides de Gizé, descrevendo o Egito Antigo e as suas crenças no caminho. Nick ouvia o guia com atenção, fascinado pelo visual estrangeiro do lugar, enquanto Irina focava no caderno, já que sabia de cor tudo o que o cairota estava dizendo.

A primeira parada no complexo de templos da necrópole de Gizé era a grande pirâmide de Quéops, gigantesca e imponente, uma visão de tirar o fôlego. O guia seguia falando num inglês cortado sobre as pirâmides e os faraós da Antiguidade enquanto Nick babava e Irina comparava anotações do caderno com um mapa baixado no seu tablet, que ela mudava de posição constantemente, testando locais próximos à pirâmide, em busca de alguma coisa.

— Na verdade, esta *ser* a camada interna de pirâmide — dizia o guia. — Por fora ela tinha camada lisa que *reluzir* na luz do sol, vista de muitos quilômetros de distância... — explicava em um inglês confuso, mas que os amigos conseguiam compreender.

— *Ahá!* Por aqui, Nick! — gritou Irina, que começou a andar em direção oposta à pirâmide, onde havia outras ruínas bem menores.

Irina parou na frente de uma pirâmide bem pequena, meio desmoronada, sem nenhuma característica especial. A garota se virou e estendeu os braços, como uma daquelas pessoas na televisão que apontam para o prêmio de um programa de perguntas e respostas. O guia estava totalmente confuso, indicando a grande pirâmide e coçando a cabeça enquanto seguia a dupla.

CAPÍTULO 6

São Paulo, dez anos atrás.

Era tarde da noite, mas o sobrado dos Pereira continuava com as luzes acesas. Lá dentro, uma discussão acalorada já vinha acontecendo havia um bom tempo entre Américo e Carlos.

— Mas isso é loucura, pai! Loucura total e absoluta!

— Vou ter que te explicar mais uma vez, menino? Entende as consequências?

— Às favas com as consequências!

— Carlos... por favor... vai acordar o Nicolas... — a mãe de Nick disse, conciliadora.

— É verdade. Me desculpe, amor... Mas ele está tornando toda a discussão bem difícil!

— Não deveria haver discussão alguma, filho. É simples, precisamos encontrar as pedras perdidas para protegê-las.

— Mas, pai, nós não vivemos em um filme de espião! Não existem vilões à solta, só esperando uma chance para dominar o mundo! — Carlos gesticulava, agindo com a própria loucura que ele criticava.

— Carlos, me diga novamente aquela frase do Montesquieu que você tanto gosta de parafrasear.

— "Todo homem investido de poder é tentado a abusar dele." Só que, para abusar de um poder, é preciso *saber* que ele existe.

— E isso lá é difícil de saber, garoto? — Agora foi a vez de Américo se exaltar. — Tem ideia do quanto a linhagem do pastor foi disseminada? Quantos descendentes diretos com a capacidade de ativar as pedras estão por aí?

Por um instante, todos pareceram tomar fôlego, suspensos com o choque da explosão de um senhor que sempre adotava uma postura dócil, e então soltaram o ar, desmoronando junto com a briga. Américo se sentou na poltrona do canto da sala e apoiou a testa nas mãos, enquanto Carlos andava em círculos e Ana olhava do marido para o sogro, aflita. Foi então que Nick, sonolento, entrou na sala, buscando os adultos.

— Mãe, o que tá acontecendo?

— Nada, filho, nada...

— Mas eu escutei gente discutindo... E tive um sonho ruim.

— Ai, filho... Que sonho?

— Sonhei que um homem mau conseguiu mandar no mundo inteiro, daí o vovô e o papai tavam discutindo sobre de quem era a culpa.

— Foi só um sonho ruim, meu anjo... Agora, vamos voltar para a cama, vamos... — Ana levou o filho no colo de volta ao quarto, deixando os dois a sós com um último olhar bastante significativo.

Pai e filho se encararam por longos minutos. Em diversos momentos, os dois deram a entender que diriam alguma coisa, puxando o ar para dentro dos pulmões, mas apenas expiravam tudo em um longo suspiro todas as vezes. Quando parecia que o impasse permaneceria até pelo menos o amanhecer, Carlos tomou a iniciativa:

— O senhor está certo, pai. Pra variar...

— Eu não queria estar certo desta vez, Carlos. Acredite.

— Eu sei, e eu sei que não deveria ter reagido dessa forma, mas... vamos perder *tanto* do crescimento do Nicolas...

— É a bênção e a maldição da nossa família, filho. O preço é alto, mas temos que pagá-lo para garantir a saúde de milhões. Sua mãe entendia o que estava em jogo e sei que vocês dois também entendem.

— Sim, mas entender não torna isso mais fácil...

— Acredite, Carlos: sei muito bem qual é a sensação — disse Américo, se inclinando para a frente, com os olhos marejados.

Emocionado, Carlos se levantou e foi até o pai, abraçando-o.

— Vou cuidar dele o melhor possível, filho. Vou prepará-lo aos poucos para a verdade.

— Obrigado, pai... Voltaremos sempre que possível, eu juro.

— Eu sei que vão. — Sabendo bem o que aguardava o casal, Américo queria segurar o filho ali até o fim dos tempos. — Eu sei que vão...

Cairo, Egito. Hoje.

— Isso aqui era pra ser o quê, Irina? — perguntou Nick, desconfiando de que a amiga havia enlouquecido.

— O lugar que estávamos procurando! De acordo com as anotações do seu avô, a entrada para a câmara da pedra de poder fica aqui. O que faz todo o sentido...

— Como é que faz sentido algo tão importante estar escondido nesse... muquifinho, quando comparado à pirâmide ali atrás? — perguntou o garoto, incrédulo.

— Em primeiro lugar, é mais fácil esconder algo num lugar menos *chamativo*. E, em segundo lugar, esta é a tumba de Heteferés, mãe do Quéops.

— E daí?

— Daí que ela foi a filha do último faraó da terceira dinastia e mãe do maior de todos da quarta. Depois que ela morre, a Era de Ouro do Império Egípcio está quase no fim. Não te parece coincidência demais?

— *Hmmm*... Quer dizer que as coisas ficam menos épicas no Egito porque enterraram a pedra de poder com a Pteridófita? E por que fariam isso?

— É *Heteferés*, garoto. E eles provavelmente tiveram um bom motivo pra esconder a pedra. De qualquer maneira, agora só precisamos daquela distração que combinamos...

Nick assentiu com a cabeça e puxou o cordão que passou a deixar no pescoço. Na ponta dele estava a pedra do ar, sempre ao alcance do garoto, que a segurou firme na mão direita, fechou os olhos enquanto erguia a esquerda com a palma para cima, e se concentrou profundamente; a próxima parte do plano dependia somente dele. Aos poucos, uma brisa mais forte começou a soprar, espalhando um pouco de poeira pela região em que estavam.

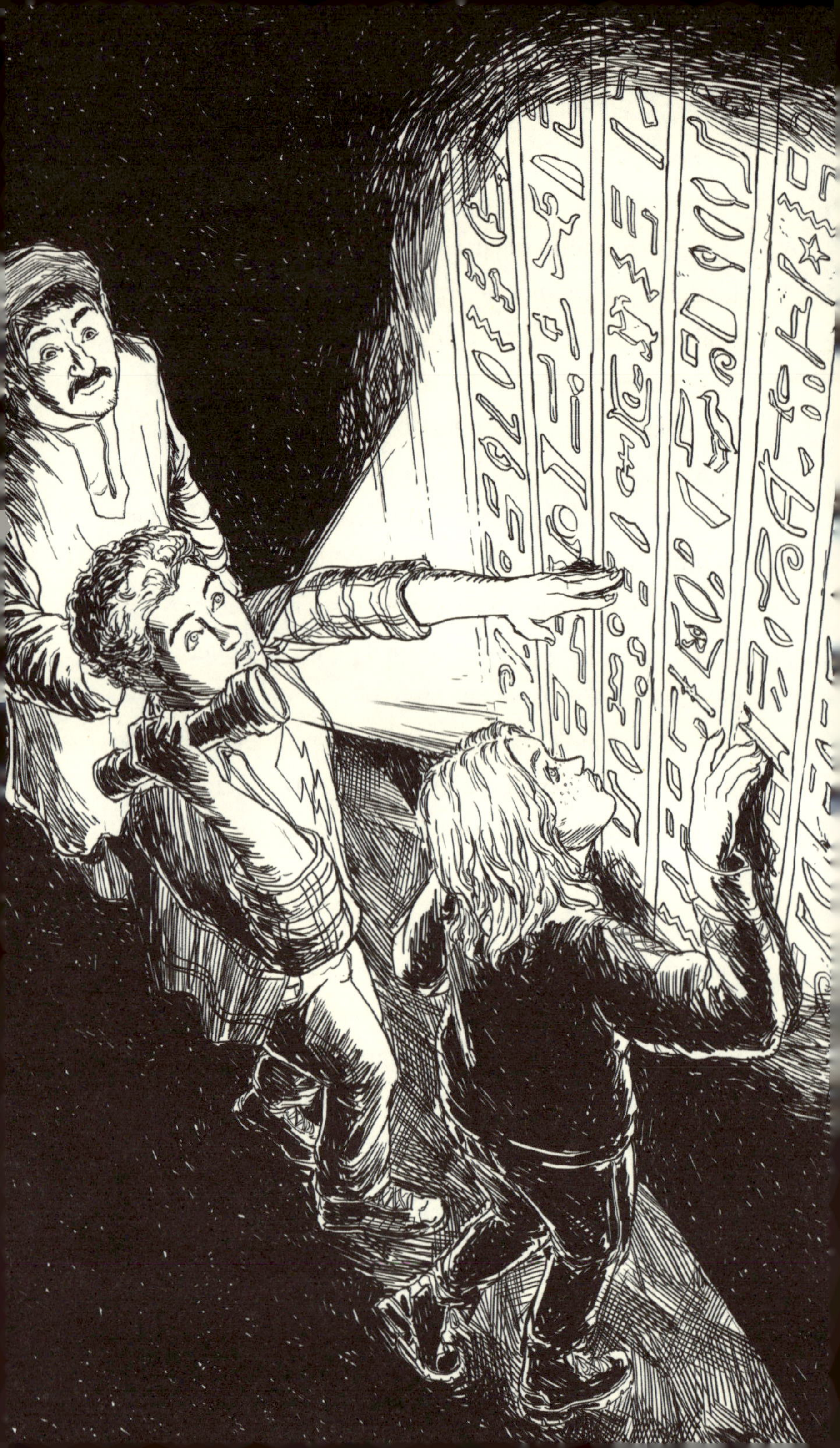

— Precisa ser um pouquinho melhor que isso, Nick. Sem pressão — disse Irina, nervosa, olhando para todos os lados.

O garoto estava suando agora. Depois de mais alguns instantes, a brisa ganhou corpo e um pequeno vendaval começou a soprar areia com força, até que um tufão em miniatura estava atingindo apenas a região da pirâmide de Quéops, para o desgosto de cientistas meteorológicos, que passariam os meses seguintes tentando explicar o bizarro fenômeno. Com todas as pessoas da área com a visão devidamente prejudicada, Nick e Irina puxaram o guia e entraram na pirâmide de Heteferés.

O que havia sobrado da pirâmide era uma sala quadrada de aproximadamente trinta metros quadrados, com altares e sarcófagos no centro. Era tão pequena que parecia verdadeiramente impossível alguém já não ter removido qualquer coisa de interesse ou de valor daquele local há séculos. Mesmo assim, Irina estava confiante, lendo os hieróglifos das paredes como se estivesse lendo uma notícia de jornal.

— Desde quando você sabe ler hieróglifos?

— Desde o quarto ano... — a garota respondeu, um tanto envergonhada. — Fiquei tão fascinada com o Egito

Antigo quando a professora começou a falar disso que li tudo que encontrei sobre eles...

— Poxa, eu bem que queria saber, que legal!

A garota se animou com a aprovação do amigo, sorrindo.

— E o que dizem nessas paredes aqui?

— Alguns hieróglifos são novidade pra mim, então estou chutando alguns significados, mas parece que estamos no lugar certo. Aquela parte ali fala sobre um item poderoso dos deuses ter sido escondido aqui para que a mãe Heteferés pudesse guiar o Egito para uma nova era de prosperidade quando retornasse.

— Que profético!

— Aqui ainda diz que, em caso de necessidade extrema, apenas um integrante da linhagem dos deuses poderia reivindicá-lo, usando seus próprios poderes...

— Então a pedra que está aqui foi escondida com a ajuda de outra pedra?

— É o que parece. O que faz sentido, se você quiser garantir que só um descendente do pastor pudesse ter acesso ao poder das águas.

— Poder das águas?

— É o que tá escrito aqui. Parece que a era de prosperidade do Egito veio dos descendentes do pastor ao usarem a pedra da água para controlar as marés do rio Nilo, garantindo fertilidade das terras.

— Então os faraós eram descendentes do pastor?

— Muito provavelmente, Nick. Juntando as peças de tudo que nos contaram, essas pedras parecem ser suficientes pra mudar o mundo sempre que são usadas.

— Os egípcios eram bons de esconder as coisas... — ponderou Nick, pensativo. — E se tudo isso aí for pra despistar um curioso do lugar certo da pedra?

— Poderia ser, mas nesse caso acredito que estamos no lugar certo. Outro indício disso é a pirâmide de Quéops aí na frente.

— Como assim?

— Esses blocos gigantes que eles usaram para construir as pirâmides eram *muito* pesados e vinham de bem longe. Alguns cientistas discutem que o jeito mais fácil de fazer isso seria molhar a areia por onde os blocos seriam transportados. Uma pedra que gera água à vontade ajudaria bastante, né?

— Ajudaria muito!

— E as pirâmides feitas depois dessa são menores, o que pra mim quer dizer que ficou bem mais difícil empilhar granito sem poderes especiais de faraó...

— Nossa, pode crer! Com certeza, Irina!

— Agora só preciso descobrir *como* chegar na pedra... *Guentaí...*

O guia começou a murmurar para si mesmo, olhando para os garotos com um olhar meio perdido, mas com certo brilho. Nick não deu muita atenção e foi andar pelo interior da pirâmide, procurando algo para passar o tempo. Muitos minutos se passaram, preenchidos apenas pelos *"hmmm"* e *"aaahs..."* que Irina fazia enquanto revirava as páginas do caderno de Américo. A quantidade de informação que o avô de Nick tinha reunido ali era impressionante, mas nada era conclusivo, senão ele já teria encontrado a pedra havia tempos.

Após um momento "eureca", Irina fechou o caderno, andou até ficar ao lado do sarcófago principal, se ajoelhou e começou a fazer uma série de movimentos bem complicados com as mãos, até desenhar na areia com o dedo indicador um retângulo largo e comprido, simulando uma porta no chão. As margens do desenho de Irina começaram a brilhar intensamente e, com um sonoro *"FUOOOSH!"* e um clarão de luz, o espaço do retângulo estava vazio, mostrando uma escada que descia para a escuridão.

— Nick, me passa uma lanterna! É lá embaixo que vamos achar a pedra!

— E eu pensando que nunca teria um momento mais Indiana Jones na minha vida que ficar hospedado naquele hotel... Uau!

— Ah, e não esquece de trazer ele... — completou Irina, indicando com a cabeça o guia embasbacado.

A escadaria dava em um grande corredor com tochas nas laterais e várias aberturas que chegavam a outros corredores ou a câmaras que, por sua vez, tinham mais aberturas. Era um grande labirinto recheado de hieróglifos nas paredes que, mesmo sem saber ler, Nick conseguia perceber que contavam uma história linear.

— Precisamos seguir a história, Irina. Brilha! — o garoto disse, acendendo um isqueiro e deixando o fogo tocar a tocha mais próxima.

Conforme Irina lia a história em voz alta e seguia os desenhos pelas salas e corredores, Nick ia acendendo os archotes e deixando pedras, embalagens de comida e outros objetos pelo caminho, criando uma trilha (*Tipo o Teseu, lembra? Eu é que não quero ficar perdido aqui e virar comida de minotauro!*). O que Irina leu enquanto buscava o caminho até a pedra da água foi o seguinte:

Há muitos anos, antes da unificação das tribos do Nilo, um estrangeiro chegou às terras sagradas demons-

trando grandes poderes. Ele declarou ser filho de Hórus, enviado à Terra para guiar o nosso povo a uma nova era de prosperidade sob seu reinado. Seu símbolo era uma pedra azul rajada de branco, que ele mantinha pendurada em seu pescoço com um simples cordão.

Durante décadas, por meio da força necessária, o enviado dos deuses reuniu todas as tribos sob sua liderança, usando seus poderes divinos tanto para criar condições nunca antes vistas de habitação no Nilo quanto para destruir aqueles que se opunham, dispensando a força das águas sobre tudo e todos. Quando o Egito se tornou uma única nação, os sinais de prosperidade foram demonstrados em todas as regiões, com grandes palácios e esculturas marcando o poderio da linhagem divina.

Montanhas de ouro e uma infinidade de lápis-lazúli, pedra encontrada em abundância no território que era similar à pedra de poder do Faraó, decoraram nossa maravilhosa terra, marcando o início do verdadeiro Egito, sob a liderança dos seres que vieram do próprio Amon-Rá, que nos banha em sua luz sagrada. Por séculos, o Egito foi um império sem igual, invejado pelo restante do mundo. O poder foi passado de pai para filho, enquanto os faraós cumpriam a sua missão e retornavam para o lado de seus antepassados divinos. E assim foi, até que dois irmãos lutaram pela pedra até a morte, maculando a sucessão.

A pedra de poder foi escondida, para que o sangue da linhagem divina jamais fosse derramado novamente por um pai, filho ou irmão. O divino interior será necessário daqui em diante para manter a glória do Egito, até que Hórus envie outro filho, com outra pedra, para reclamar a sua herança e conduzir o império a um futuro ainda mais grandioso.

Na última câmara que contava a história, Irina notou um espaço sem marcações e o desmaterializou, dando acesso a mais um local secreto, desde que você passasse bem agachado pelo buraco. Eles entraram (com o guia na frente, dado o aviso de armadilhas), apenas para ficarem boquiabertos: pilhas de ouro e joias recheavam um grande salão que, misteriosamente, tinha uma fonte de luz que vinha do centro da câmara e iluminava um enorme pedestal. Nick e Irina começaram a caminhar em direção a ele com o queixo caído, até que se viram bem no meio daquele lugar, esperando encontrar a pedra...

— Ué! Não tem nada em cima do altar! — disse Nick, olhando para os lados tentando identificar algo diferente em algum dos milhares de lápis-lazúlis encrustados em colares e braceletes ao seu redor.

— Não faz sentido... Por que a pedra não está aqui? — perguntou Irina, franzindo as sobrancelhas.

— Porque ela já foi recuperada, pivetes — disse o guia em um português impecável, apontando uma arma para a dupla. — Agora, me passem suas pedras ou vão conhecer Anúbis logo, logo.

— O que é isso, cara? Quem pegou? Você fala português? E essa arma aí? O que é isso, cara? — disparou Nick em mais um arroubo de perguntas.

— Quieto! O senhor Soren já me avisou que vocês têm pelo menos mais uma pedra de poder, e eu não vou deixá-los sair daqui sem que me entreguem tudo o que tiverem!

Pensando muito rápido, Irina fez um gesto súbito com a mão escondida atrás das costas, que fez a arma do guia desaparecer. Com um grito de "Agora!", os amigos começaram a correr em direção ao homem, com a intenção de derrubá-lo, mas o guia foi mais rápido, virando uma alavanca ao lado da abertura com um sorriso maldoso e rolando pela passagem rapidamente, logo antes de um bloco imenso de granito cair na frente do buraco.

E foi então que as coisas se complicaram.

CAPÍTULO 7

Londres, Inglaterra. Cinco anos atrás.

Karen e Soren se aproximaram de um prédio aparentemente abandonado nas docas londrinas, nas primeiras horas da madrugada. A mulher seguia a passos firmes, determinada, enquanto seu companheiro aparentava preocupação, lançando olhares para as sombras ao redor, buscando ameaças a cada instante.

A porta de acesso ao prédio estava trancada. Karen segurou com força a maçaneta, que começou a brilhar, incandescente, até derreter, levando consigo o restante da fechadura e deixando apenas um buraco chamuscado na madeira. Ela entrou com a mesma postura, como se tivesse usado uma chave para entrar na própria casa, seguindo direto para a escada que dava acesso ao porão. Soren puxou uma pistola da cintura e a empunhou de maneira tática, cobrindo a retaguarda.

O porão era um cômodo muito amplo e vazio, contando apenas com colunas de sustentação e um elevador no outro extremo do salão. Esse elevador não tinha um botão simples para chamá-lo, mas sim um teclado numérico e um sistema que exigia uma senha de seis dígitos para ser desbloqueado. Ela não precisou checar as anotações do seu contato que a havia avisado da oportunidade daquela noite, pois o número era o mesmo que a data do assassinato de seus pais; aquele dia estava gravado a ferro quente em sua cabeça.

As portas do elevador se abriram e a dupla entrou em uma caixa de aço escovado sem botões aparentes e uma única câmera em uma das quinas de cima. Assim que as portas fecharam, o veículo começou uma descida vertiginosa a toda velocidade, indo a uma profundidade inconcebível. Soren estava suando.

Em comparação com o espaço do porão, a sala na qual a dupla entrou quando o elevador terminou a viagem beirava a claustrofobia. Uma tela gigantesca ocupava a parede diretamente à frente, com uma porta à esquerda e outra à direita. Com o telão desligado, o silêncio imperava no local.

— Eu não tenho muita paciência para joguinhos — disse Karen, com um tom entediado.

Obedecendo à deixa, a tela ligou, revelando uma silhueta masculina contra a luz. Vinda de alto-falantes escondidos na estrutura da sala, uma voz retumbante e modificada eletronicamente ressoou pelo pequeno espaço:

— Perdão pela... teatralidade, senhorita Hagen, mas ela é necessária, infelizmente.

— Você é o cara rico com informações sobre o assassino da minha família?

— Correto. Será o seu pagamento após prestarem alguns... *serviços* para mim.

— E do que você precisa exatamente?

— Seus currículos são impressionantes... Homicídio, sequestro, furto, latrocínio, extorsão, fraude e incêndio criminoso... Muitos incêndios, aliás.

— Imagino que seja de algo dessa ordem que precise?

— Está mais para "algos" — a voz eletrônica respondeu parecendo se divertir com a perspectiva de mais delitos serem cometidos. — Posso compartilhar o que sei em partes ou no fim, mas garanto que não encontrará quem procura sem tudo o que tenho para oferecer.

— Certo, bonitão. Pode mandar. Eu topo.

A silhueta foi reduzida a um quadrado no canto inferior direito da tela, enquanto uma série de informações e fotos de pessoas preenchiam o restante aos poucos. Era uma lista de alvos; alguns deles com objetos atrelados a dossiês, que deveriam ser trazidos à figura misteriosa. Algumas das ordens continham detalhes grotescos, como a maneira específica como uma pessoa deveria ser morta. A lista era bem pesada e extensa.

— Acha mesmo que vamos fazer tudo isso em troca de alguns nomes e lugares?

— Acho sim, senhorita Hagen. Se quiser deixar tudo isso para trás, sem ter ideia de quem matou a sua família e por que, basta usar a porta da esquerda. A porta da direita irá levá-la para um local com todo o equipamento necessário para a sua primeira atribuição.

Karen estava em silêncio, tensa, quando Soren chamou a sua atenção para uma parte da tela. Relacionada a um dos sequestros estava uma simples pedra como objetivo principal. Naquele momento, ficou claro para a garota que ela estava na trilha certa.

— Não pense em colocar a carroça na frente dos burros, senhorita Hagen. Se desviar um milímetro das especificações das missões ou de sua ordem de execução, nem mesmo seu... *potencial inflamável* fará com que continue respirando.

— Claramente havia câmeras escondidas naquela sala.

Karen respirou fundo e olhou nos olhos de Soren. O rapaz tentava expressar as suas dúvidas e receio, pedindo para que ela reconsiderasse, sem sucesso. Ela fechou os olhos, se virou para a tela e os abriu novamente.

— Tá certo, sinistrão. Só fique avisado de que o mesmo vale para você, se a informação não for boa — ela respondeu, indo em direção à porta da direita. Soren a seguiu, quieto.

Gizé, Egito. Hoje.

A câmara estava tremendo violentamente, fazendo com que Nick e Irina gastassem quase toda a sua concentração para permanecerem em pé.

— E-e-e-e-e agora, I-i-i-i-irina? — o garoto perguntou, tremendo.

— N-n-não sei! V-v-va-vamos voltar p-pr-pro altar!

Eles correram de volta para o centro da sala, desviando de pedaços de granito que caíam do céu, até chegarem ao altar, que tremia bem menos que as extremidades da câmara. Irina apontou para cima, chamando a atenção de Nick.

— Precisamos ir para onde está a luz! Ela é natural, deve ser o fim de uma sequência de espelhos que reflete a luz do sol. Vai ter uma espécie de túnel que podemos usar pra escapar.

— Deixa comigo! — emendou Nick, envolvendo a cintura da amiga com firmeza.

A adrenalina fez a maior parte do trabalho, ativando os poderes da pedra instantaneamente e levando os dois para o topo da sala num tufão superconcentrado e direcionado pela força de vontade de Nick. O espaço por onde vinha a luz tinha mesmo um espelho de bronze, como Irina previra, e um estreito corredor se estendia até outro espelho, que havia virado uma grande lanterna, prejudicando a visão da dupla.

O corredor não tremia, já que o que realmente estava instável pela ativação da armadilha era a câmara da pedra de poder. Nick olhou para trás bem a tempo de ver o chão ceder, derrubando todo o ouro e joias num grande abismo sombrio. Eles seguiram adiante, um pouco mais calmos, até chegarem a uma abertura para outra sala da pirâmide, alguns níveis acima de onde a confusão havia começado.

— Cuidado, Nick! Podem ter mais armadilhas espalhadas por aí.

— Você tem razão. Que guia safado! Vou fazer uma avaliação péssima dele na internet!

— Nick, ele quase nos *matou*.

— É, e aposto que foi a mesma galera que sequestrou o meu vô... Precisamos mesmo pegar as pedras antes deles! — o garoto deduziu, tentando segurar o fogo que gritava para que ele fosse atrás do avô.

Eles passaram por uma sequência de câmaras que, segundo Irina, eram meras salas mortuárias comuns presentes em todas as pirâmides: sarcófagos com múmias de pessoas importantes do Egito Antigo e os vasos com seus órgãos ocupavam esses lugares, que não recebiam seres humanos vivos havia milênios. A diferença era apenas o teor fanático das inscrições nas paredes, bem mais fervorosas que o comum para os egípcios.

Depois de mais algumas câmaras similares, chegaram a um salão que continha uma enorme escultura de Anúbis, deus egípcio dos mortos. A estátua segurava uma balança gigantesca, que pendia quase no nível do chão, com uma grande pena feita de juncos de papiro em um de seus lados. Logo após a balança, estava uma porta fechada.

— Tem uma inscrição no pé da estátua: "Apenas aquele com o coração mais leve que a pluma passará pelo julgamento de Anúbis". Não tô gostando disso, Nick.

— Mas é só uma estátua! Essa galera fanática, vou te falar, viu... — respondeu Nick, enquanto caminhava ao redor da balança, na direção da porta...

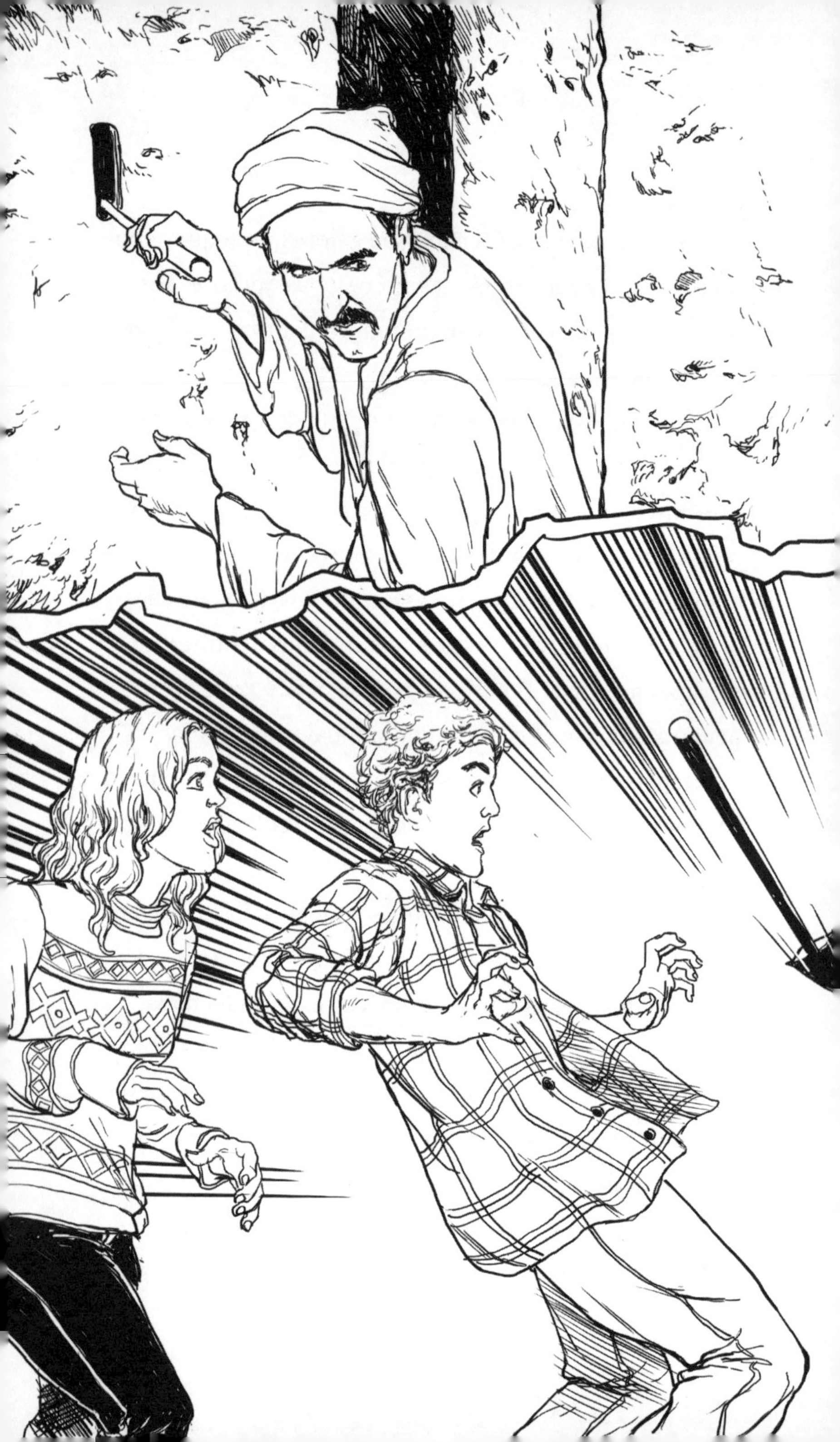

VUOOOOSH!

Uma lança passou em alta velocidade a um milímetro do nariz de Nick. O garoto congelou onde estava, sem arriscar sequer uma engolida em seco.

— NICK! Ai, seu idiota, eu avisei! Armadilhas!

Ainda parado no mesmo lugar, Nick levantou um braço lentamente e fez sinal de positivo com o polegar direito. Irina estava furiosa com a falta de atenção do amigo.

— Não se mexa até eu resolver isso aqui!

Mais uma vez, a única resposta do garoto foi um joinha trêmulo.

A garota refletiu sobre a inscrição da estátua por um tempo e se lembrou da história de Anúbis, que recebia os egípcios mortos e julgava suas vidas com uma balança, colocando o coração do descarnado nela. Se fosse mais leve que a pluma da verdade, a pessoa poderia ir para o paraíso ou retornar ao seu corpo; se fosse mais pesado, o temível demônio Ammit a devoraria, destruindo a parte imortal de seu ser.

Com um sorriso e uma verdadeira dança de movimentos malucos com as mãos e braços, Irina conjurou um rack de halteres de academia bem em cima da pena de papiro, que estalou com o peso que surgiu de repente.

Depois disso, ela subiu tranquilamente no outro lado da balança, que ficou onde estava até que um som de uma pedra rolando começasse ser ouvido, seguido pelo de areia caindo. E então a porta na frente de Nick começou a se erguer. Ele ainda estava tão parado quanto a estátua de Anúbis quando Irina passou calmamente, batendo o indicador na têmpora e com um sorriso enorme. Nick finalmente relaxou e seguiu a amiga para a próxima sala.

— Olha, é a minha trilha de tranqueiras! Toma essa, Minotauro!

O garoto comemorou, começando a seguir o seu rastro de objetos até a saída, empolgado por ter feito algo inteligente – coisa difícil quando se está ao lado de Irina. Os amigos correram até a saída da pirâmide de Heteferés, na esperança de alcançar o guia maldoso que tentou prendê-los. A luz do sol quase os cegou graças ao contraste com o ambiente frio e escuro no qual haviam passado as últimas horas, mas conseguiram ver diversos vultos que os cercavam.

— É, Didiu... — disse uma voz rouca, em um português carregadíssimo de sotaque. — Bem que você disse que os pirralhos eram habilidosos...

Encontraram o guia, mas ele não estava sozinho.

CAPÍTULO 8

Dinamarca, vinte e um anos atrás. Orfanato de Copenhague.

Um bebê foi deixado na porta do Orfanato de Copenhague enrolado a um cobertor e com uma etiqueta colada em um gorrinho com o nome "Soren". Os funcionários acolheram o recém-chegado e deram início aos procedimentos legais para cuidar da criança até que algum casal quisesse adotá-la.

Os primeiros anos de Soren no orfanato foram bons, já que ele brincava bastante e a equipe do local era afeiçoada ao garoto. Aprendeu a falar com três anos de idade, mas só o necessário, diferentemente de outras crianças tagarelas que dividiam o espaço com o menino. Soren era um excelente aluno nas aulas ministradas no próprio orfanato e, sempre que questionado, respondia que desejava ser cientista.

Com dez anos de idade, Soren começou a sentir a rejeição dos seus colegas, especialmente daqueles que já tinham voltado de adoções que não deram certo. O favoritismo dos funcionários com o pequeno e brilhante garoto (*Não sei como ainda não adotaram o Soren, olha só pra ele!*) só aumentava a raiva de outras crianças, que faziam toda sorte de malcriações com o garoto: colocavam minhocas na comida dele, esticavam o pé para que ele tropeçasse, ridicularizavam o que Soren dizia, culpavam-no por qualquer problema que acontecesse e promoviam surras periódicas para "ensinar ao geniozinho como é a vida".

Entendendo que a preferência dos adultos não garantiria que eles fariam algo sobre os abusos, Soren se tornou reativo, revidando e planejando retaliações que, graças ao seu intelecto, se provaram muito eficientes. Após mandar meia dúzia de garotos da mesma idade para a enfermaria, ele perdeu as graças da equipe do orfanato, mas a rejeição dos colegas só aumentou e era passada aos recém-chegados como uma espécie de ritual. Isolado, ele se entregou à solidão e passou a viver mais dentro da própria cabeça do que ao lado de fora.

Aos treze, fugiu do orfanato pela primeira vez, só para ser encontrado doze horas depois, desmaiado na neve e quase morto pela hipotermia. Por mais inteligente que fosse, a limitação de seu universo ao grande prédio do orfanato havia feito o garoto subestimar o mundo real. A situação mudara tanto que os abusos agora vinham também da equipe, já que boa parte dos antigos funcionários da época em que Soren fora acolhido já tinha ido embora.

O planejamento de uma nova fuga estava quase completo quando uma garota pouco mais jovem que ele – com cabelos tão escuros quanto seu semblante sombrio e olhos verdes e intensos – chegou ao orfanato. Segundo os rumores, seus pais tinham morrido num incêndio que, dependendo de quem contasse a história, a própria garota teria começado. Ela conseguia ser mais quieta e isolada que o próprio Soren, mas o garoto criou uma espécie de obsessão por ela, pois sentia que ela entenderia o seu jeito de ver o mundo, as suas razões para ser daquele modo.

Muitos meses se passaram enquanto Soren fazia uma aproximação extremamente lenta da garota. Primeiro, começou se sentando mais perto no refeitório, a apenas duas mesas de distância. Depois, emprestou um lápis em uma das aulas. Os pequenos gestos foram se acumulando, mas a disposição dela não se alterava. A indiferença não ajudou quando as outras crianças notaram o movimento do garoto, incluindo Karen nos abusos diários.

Soren tinha desistido. Desistido de ser compreendido, de se encaixar eventualmente, de tentar superar o

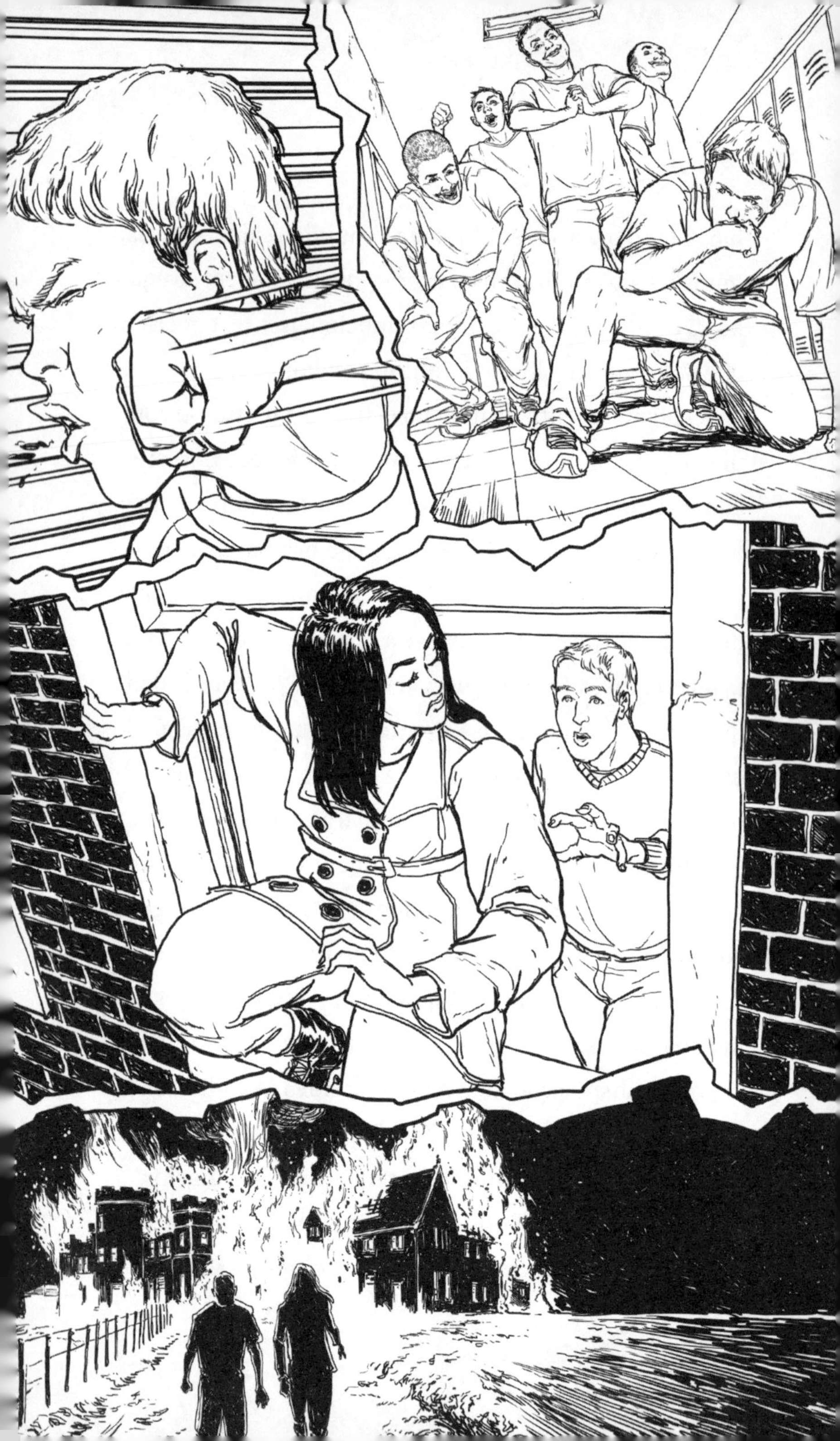

bullying. Ele tinha juntado tudo de que precisava para executar o seu plano de fuga e estava levantando a janela do terceiro andar no meio da noite para deixar aquele lugar de uma vez por todas.

— Pra onde você vai?

Soren travou por um instante, mas relaxou quando reconheceu aquela voz que quase nunca soava no orfanato.

— Pra longe daqui de uma vez por todas, Karen.

— Você não deveria ir.

O garoto se virou, um pé na janela, com um olhar incrédulo. Justo aquela pessoa, que havia sofrido tanto quanto ele, que tinha *escolhido* não se misturar àquelas crianças maldosas e adultos ainda piores, estava dizendo para ele não partir?

— Deveria queimar este lugar antes, pra nunca ter como voltar — completou Karen, enquanto seus olhos brilhavam, refletindo a chama que nascia espontaneamente do seu punho direito.

Necrópole de Gizé, Egito. Hoje.

Quando a visão de Nick e Irina se ajustou à luz, viram o guia traiçoeiro encostado num carro enorme, similar a veículos militares do Exército Americano, um pouco atrás do homem que aparecera no holograma às costas de Américo. O homem estava jogando uma pedra para o alto e pegando-a novamente, distraído, enquanto encarava os garotos com um olhar divertido. Fechando um círculo ao seu redor, dúzias de soldados especiais, com balaclavas cobrindo os rostos e roupas táticas pretas, apontavam suas armas para a dupla. Nenhum turista podia ser visto até a linha do horizonte, apesar de ser o meio da tarde.

— Você deve ser o Soren — disse Nick, com desprezo. — Cadê o meu avô, seu nojento?

— Deveria mostrar mais respeito, garoto... — Soren respondeu com a voz rouca que Nick já detestava. — Ainda mais quando eu estou com isto aqui. — E mostrou a pedra de poder egípcia entre o polegar e o indicador.

A pedra realmente era parecida com lápis-lazúli, mas alguns detalhes revelavam a sua natureza se alguém soubesse o que estava procurando. As linhas entre os tons de azul que riscavam a pedra pareciam se mover levemente, em um movimento parecido com as ondas do mar quebrando na praia. Ela também emitia um leve brilho, apenas o suficiente para ser registrado. Nick pensou que aquilo deveria ser uma baita cena mais de mil anos antes de Cristo, e não se surpreendeu com o culto aos faraós que surgiu basicamente daquela visão.

— Eu só respeito gente, seu verme! — O garoto se enfureceu, flutuando a alguns centímetros do chão sem nem se dar conta.

Ao ver aquilo, Soren deu um grande sorriso.

— Obrigado por confirmar a suspeita de que você tinha uma pedra. Agora, um banho vai te dar uma acalmada!

Soren fez um movimento brusco com a palma da mão apontada para Nick e Irina, com a pedra bem no centro, mas nada aconteceu além de uma leve vibração e um som que lembrava um curto-circuito. O homem parecia confuso e Nick, perdendo a cabeça de vez, decolou feito um míssil em direção ao dinamarquês.

Um dos soldados atirou. Irina mal teve tempo de se mover, mas a sua pedra funcionou aparentemente por instinto, fazendo a bala desaparecer em pleno ar. Mais soldados atiraram, e Irina continuou a remover os projéteis da existência, deixando os combatentes completamente perdidos.

Nick acertou Soren com tudo. Ou melhor, com tudo que um garoto magrelo tinha para acertar um adulto alto e forte. O líder dos mercenários sentiu o impacto, mas não foi o suficiente para derrubá-lo, e ele prontamente devolveu uma cotovelada forte e rápida na direção do jovem. Graças ao poder da pedra, uma camada de ar superveloz revestiu Nick, mantendo-o flutuando, e isso amorteceu o impacto. Nick ainda sentiu a pancada, mas a "película" lhe dava a oportunidade de brigar de igual para igual.

Irina desatou a correr em círculo, tocando a arma de cada soldado, desmaterializando-as conforme passava. Quando completou a volta, fez um esforço tremendo e, com um grito, conseguiu que círculos de um metro cúbico de areia desaparecessem debaixo de cada um deles, prendendo-os instantaneamente. Assim que viu isso, o guia desatou a correr, abandonando a cena, o que dava à garota tempo para focar em Soren.

Enquanto os soldados lutavam para se soltar – e de fato se soltariam em breve, ela sabia –, Irina executou uma série de movimentos que fez uma cartucheira aparecer em suas mãos; era de Soren, que nem tinha dado falta do objeto na sua perna enquanto trocava socos e chutes com um Nicolas enfurecido. A garota vasculhou a sua mochila rapidamente, colocou algo dentro da cartucheira e a devolveu à perna do dono.

— NICK! PLANO B! — ela gritou, agitando os braços.

O garoto parou e olhou para a amiga, percebendo que alguns soldados já estavam se levantando e correndo na direção dela. Com um último olhar de desprezo absoluto para Soren, ele saiu voando e pegou Irina pelas duas mãos, levando-a a alguns metros do chão na direção do Cairo.

Irina e Nick já tinham antecipado a possibilidade de uma emboscada, então fizeram um plano alternativo para o caso de serem atacados. A dupla parou em uma academia da periferia do Cairo, para onde Nick havia levado duas mochilas com itens essenciais e seus passaportes na noite anterior, flutuando da sacada do hotel, para não ser seguido. De lá, foram direto para o aeroporto, rumo à casa de outro contato de Américo.

CAPÍTULO 9

São Paulo, dois anos atrás.

Nick e Américo estavam curtindo um domingo preguiçoso de sol em um dos parques da cidade, deitados na grama e olhando para o céu. Dias assim eram ótimos, pois não faziam nada além de conversar por horas e horas.

— Mas com certeza o melhor superpoder é o de voar! — disse Nick, empolgado.

— Ora, como assim? Pra que vou querer voar até um lugar quando eu posso me teleportar assim? — respondeu o avô, estalando os dedos no final da frase.

— Teleporte não tem graça, vô. De quem é mesmo aquela frase: "O importante não é o destino, mas sim a jornada"?

— De um escritor americano do século dezenove, mais conhecido pela frase do que qualquer outra coisa... — disse Américo, rindo. — Mas imagine só, num belo dia você acorda atrasado e diz: "Ai, *caspita*! Não vai dar tempo de voar até lá!".

— *Caspita*, vô?

Américo deu um cutucão em Nick, que morria de cócegas ao menor toque. Depois de um breve ataque que deixou o garoto sem ar de tanto rir, ele continuou:

— Que tipo de voo você queria ter?

— Como assim?

— Ué, pode ser uma coisa inata, como o Super-Homem, ou um anel energético, como o Lanterna Verde, ou ainda controlar os ventos, como a Tempestade... Tem até o jato invisível da Mulher-Maravilha!

Nick sempre ficava surpreso com a nerdice do avô, mesmo após anos indo a eventos e feiras relacionadas a esse universo. Apesar de estar entrando na puberdade, o garoto ainda via aquilo como coisa de criança, e estranhava um adulto gostar do assunto tanto quanto ele, que já começava a ter vergonha de algumas coisas que fazia e dizia.

Certa vez, chegou a dizer isso para o avô enquanto preparavam uma armadura de EVA de um personagem de anime. Américo, sério, mas calmo, explicou a Nick que a idade física não importava, desde que aquela parte lá dentro que sempre seria uma criança continuasse viva e forte. Que ele não deveria se envergonhar de coisas assim, pois um passatempo inofensivo jamais deveria ser visto como nada além disso. Que, se algum intolerante tirasse sarro da cara dele por qualquer motivo, ele deveria ignorar e seguir em frente, ajudando a criar um ambiente de inclusão para todas as pessoas que compartilhassem seus interesses.

— Controlar os ventos parece legal... Imagina fazer minifurações nos braços! *Fuoooosh!* — exclamou o garoto, erguendo os braços para o céu.

O avô se levantou com um gemido, colocou as mãos nos bolsos e olhou para o neto com uma expressão que misturava alegria com outra coisa difícil de decifrar. Nick já tinha visto aquela expressão várias vezes, mas nunca entendia a sua razão; era muito difícil penetrar as camadas de segredo e mistério que cobriam boa parte da vida de Américo.

— Você ainda vai voar bem alto, meu garoto... Mas, antes, precisa aprender a *correr*! Quem chegar primeiro no portão do parque ganha um sorvete! — E desatou a correr pelo caminho pavimentado do local, enquanto Nick se enrolava para levantar, correndo, tropeçando e rindo.

Londres, Inglaterra. Duas semanas após o conflito no Egito.

A estação de metrô Oxford Circus em Londres é muito movimentada, com mais de oitenta milhões de pessoas passando por ela todos os anos. Elas vêm e vão, às vezes apressadas, às vezes tranquilas, sem suspeitar que a poucos metros da parede que separa a plataforma principal do túnel de trens fica um *bunker* secreto, criado por Roger McKenzie, empreendedor de sucesso, descendente indireto dos filhos do pastor e integrante da rede de contatos de Américo Pereira.

Era nesse espaço secreto que Nick e Irina estavam desde que chegaram à Inglaterra e procuraram por Roger. Após explicarem os acontecimentos que os conduziram até ali, o homem os levou ao *bunker* por uma passagem secreta dentro do banheiro da estação. O local seguro permitiria que planejassem seus próximos passos com calma.

Fruto dos planos de um homem milionário, nada naquele *bunker* se assemelhava às câmaras que vemos nos filmes e na televisão, visando apenas manter poucas pessoas vivas no caso de uma guerra. Em vez disso, ele era quase tão grande quanto a própria estação de metrô, com vários quartos, salas de reunião, telas e computadores para todos os lados e até mesmo túneis de fuga, com carros e motos, que levariam qualquer um a diversos pontos espalhados pela cidade. Era quase o quartel-general dos Homens de Preto, e várias pessoas trabalhavam ali, pesquisando rumores e acontecimentos para a Resistência, como Roger gostava de chamar o pequeno grupo de pessoas que tentava impedir que gente como Soren colocasse as mãos nas pedras de poder.

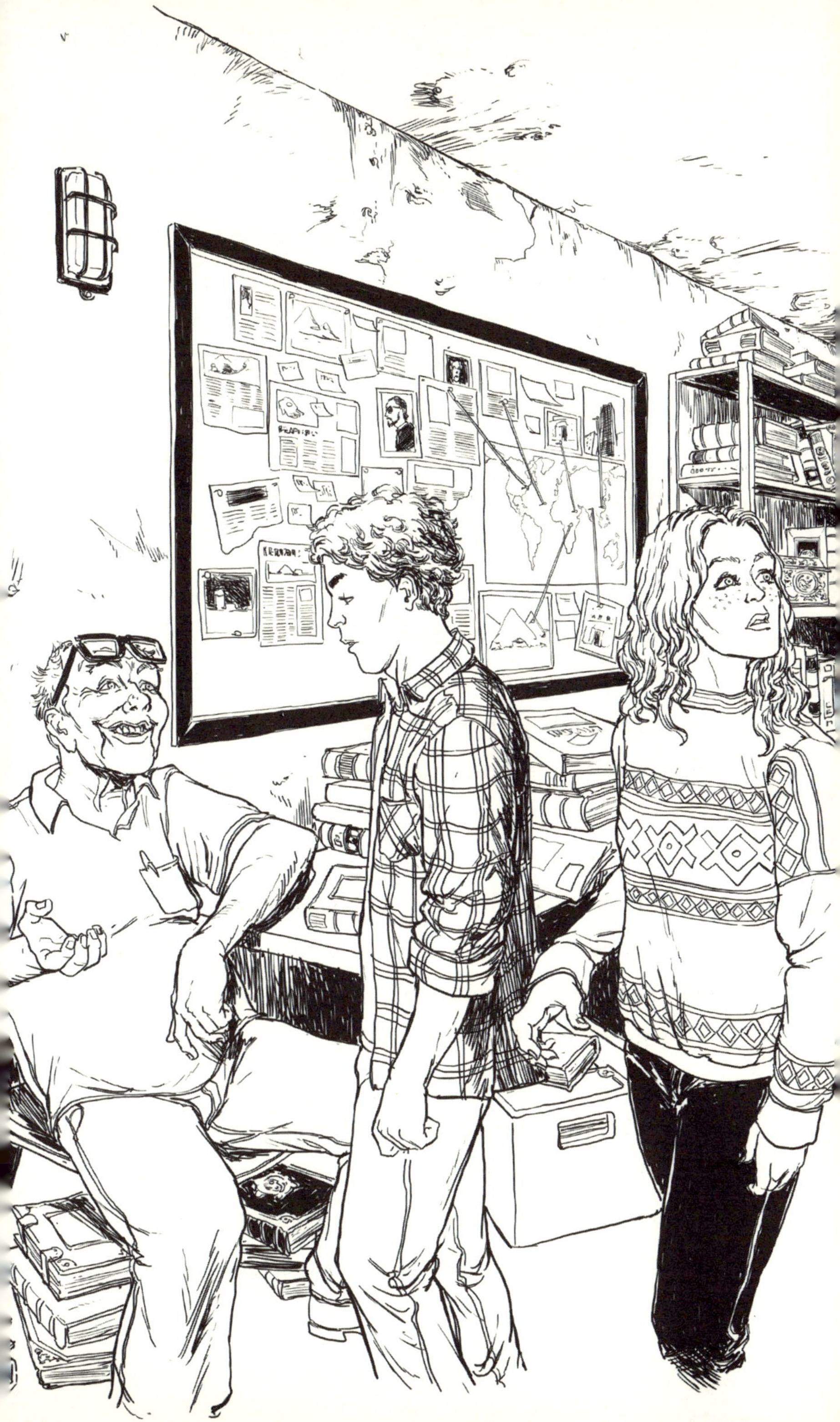

Depois do conflito com Soren, Nick passou a entender melhor a natureza do poder da pedra do ar e conseguiu invocar aquela película de ar ao seu redor sem esforço. Ele passava cada vez mais tempo usando seus poderes recém-descobertos, flutuando por todos os lados do *bunker* em vez de andar. Ainda mais impaciente, o garoto não via a hora de voltar à ação e sonhava com o momento que poderia entrar num covil do mal como o mutante Míssil, derrubar vários capangas malignos e resgatar o avô, voando rumo ao horizonte.

Irina estava em um lugar dos sonhos, com tanta informação e aparelhagem tecnológica de primeira linha. Ela tinha passado os últimos dias em uma espécie de transe, colhendo o máximo de dados e cruzando-os com as anotações de Américo em um laptop que Roger ofereceu à garota. Irina se desconectava de sua pesquisa apenas em raros momentos, quando entrava em contato com a sua família no Brasil, somente para dizer que "estava tudo bem e que o Paraná era muito legal".

Naquele momento, os três estavam indo para uma sala de reuniões para que a garota finalmente apresentasse o resultado de suas descobertas.

Um painel enorme cobria uma das paredes da sala, com vários recortes de matérias e fotos coladas sobre um mapa-múndi. Linhas coloridas partiam de alguns pontos e se cruzavam, criando uma teia de referências sobre as pedras. A adição mais recente foi um círculo sobre o Egito com as marcações *"Água. Gizé. Loc. atual desconhecida"* feitas a caneta. Pilhas e pilhas de jornais sensacionalistas se espalhavam pelos móveis da sala, com manchetes que falavam de acontecimentos bizarros ou inexplicáveis que claramente tinham relação com a ativação de pedras de poder ao longo dos anos.

— Bem, pessoal... — começou Irina. — Pelo que consegui levantar, esse Soren é um criminoso dinamarquês procurado por uma lista enorme de atrocidades. A mulher que aparece no holograma provavelmente é Karen Hagen, que perdeu a família em um incêndio anos atrás.

— Ela é a que assina com aquele delta, o símbolo do fogo, né? Faz sentido!

— Mais que isso, Nick. Eu acho que ela tem a pedra do fogo. Seu histórico criminoso é bem espalhado e muita coisa ainda não foi conectada pela polícia dos países em que ela atuou, mas as ligações com fogo e incêndios são volumosas demais pra serem só coincidência — explicou Irina.

— *Hmmm...* Faz sentido. Tudo que obtivemos sobre a pedra do fogo até agora apontava para o norte da Europa ou então para o Canadá — disse Roger, o anfitrião, coçando o bigode.

Nos últimos dias, ele vinha fazendo de tudo para ajudar os garotos em suas pesquisas, bem como garantir o mínimo de conforto para que eles pudessem se preparar para os próximos passos de sua missão.

— Então eles têm fogo e água agora. Precisamos passar na frente pra ter alguma chance! — disse Nick.

— O que me leva ao segundo ponto, Nick. Eu posso ter encontrado a pedra da mente — completou a sua amiga.

Roger se sobressaltou, impressionado. Irina, naqueles poucos dias no *bunker*, já teria sido capaz de descobrir o que ele vinha tentando desvendar havia tempos? A pedra da mente era comumente chamada de Sétima Pedra, pois era a mais estranha e misteriosa das pedras de poder. Foi a primeira a desaparecer, na China, há milhares de anos.

— Segundo a lenda da pedra da mente, o império chinês foi construído pelo filho do pastor que foi mais para o leste, além de qualquer outro irmão. Lá, estabeleceu a sua dinastia com a ajuda dos poderes da pedra, que o permitiam controlar por um curto período de tempo a mente de animais e pessoas próximas. Sem escrúpulos, o maldoso filho do pastor tirou o máximo de proveito dessa habilidade, expandindo o seu território em uma velocidade sem precedentes. Conforme as gerações da dinastia passavam pelo trono chinês, a pedra perdia a sua força de forma gradual, tornando praticamente impossível o controle de humanos. Nessa época, os portadores das pedras ainda se relacionavam abertamente, e uma visita do detentor da pedra da terra gerou um surto de poder na pedra da mente. Obcecado com o controle, o cruel imperador da época, Zhao Wang, assassinou o portador da pedra da terra, mantendo as duas joias consigo e criando um exército de escravos mentais na ancestral cidade de Hao, sua capital. Esse período foi marcado pela expansão brutal do poder chinês, até que o filho do imperador, chocado com o caminho escolhido por seu pai, o assassinou e tomou o poder. Jurando que nada parecido aconteceria novamente, Mu Wang consolidou a construção de boa parte da Grande Muralha da China, escondendo as pedras sob a edificação colossal. Diversas tentativas de encontrá-las foram feitas por outros descendentes do pastor, sem sucesso — completou, então, Irina.

— O que te faz pensar isso, jovenzinha?

— Essas anotações do Seu Américo não faziam sentido pra mim antes, mas, agora que tive acesso ao seu banco de dados, tudo me leva a crer que a pedra está aqui, na região de Hebei. — A garota virou a tela do computador, mostrando uma foto de uma área montanhosa, com os picos cortados pela Grande Muralha.

— Por que aí, Irina? — perguntou Nick.

— Bem, de acordo com o seu avô, a pedra foi escondida em um baita labirinto subterrâneo construído embaixo da Muralha inteira. Boa parte dessa rede de túneis já desabou, mas acredito que essa região seria perfeita para esconder umas câmaras debaixo das montanhas.

— Essa pedra é perigosíssima, meus jovens — disse Roger, muito sério. — Porém, isso a torna a mais importante de ser encontrada. Sem falar na possibilidade de encontrar a pedra da terra no mesmo lugar.

— E como encontramos meu avô depois das pedras?

— Fácil! Enquanto você trocava socos com o Soren, eu botei um rastreador na cartucheira dele. Tenho três lugares onde ele passou mais tempo nas últimas semanas que podem ser a base de operações deles.

— Caraca, Irina! Você é genial mesmo!

— Podem pegar todos os recursos que quiserem, garotos. Enquanto vocês vão atrás das pedras, vou investigar esses lugares que a Irina separou.

— Muralha da China, lá vamos nós! — disse Irina, muito empolgada com a perspectiva de encontrar lugares secretos milenares.

CAPÍTULO 10

São Paulo, dois anos e sete meses atrás.

Nick e Irina estavam estudando na mesma classe havia três meses. Ela tinha se adaptado bem, participava normalmente das atividades da escola e, claro, era a melhor aluna da sala. Isso incomodava alguns dos colegas, que sentiam inveja da performance da brilhante garota e não a deixavam em paz, provocando-a sempre que possível. Irina se irritava bastante, mas não se deixava levar e mantinha a compostura na maior parte dos casos.

Num dia comum de aula, Nick estava passando pelo banheiro feminino durante o intervalo e acabou ouvindo uma das sessões de chacota que outras meninas faziam com a sua amiga.

— Princesinha, por que não fica na sua torre em vez de perturbar os plebeus?

— Não vai fazer diferença, já que ninguém conversa com você mesmo!

— Só aquele bocó magrelo que é amigo dela. Faz sentido, dois esquisitões se juntando! Hahaha!

Nick tinha se aproximado da porta do banheiro para escutar melhor o que acontecia e estava prestes a dar um grito para que deixassem Irina em paz quando quase foi atropelado pela amiga, que estava saindo a toda velocidade. Ela parou apenas por um instante à frente de Nick, mas foi o suficiente para ele notar que a garota estava fazendo algo que ele nunca tinha visto antes: chorando. Chocada com o encontrão, Irina fechou o rosto mais uma vez, extremamente envergonhada, e disparou em direção à escadaria que dava acesso às salas de aula.

— Irina! Espera! — gritou Nick, sem sucesso.

As garotas também tinham saído do banheiro e estavam imitando-o, dizendo "Irina! Irina!" num tom debochado. Olhando feio para o grupo, Nick saiu atrás da amiga.

Irina estava numa sala aleatória, sentada numa carteira com a cabeça abaixada sobre os braços cruzados, soluçando enquanto chorava. Lentamente, Nick se aproximou e colocou uma mão no ombro da garota.

— Eu *odeio* chorar na frente dos outros! Coisa de gente *fraca*!

— Que é isso, Irina... Nós somos amigos. É claro que pode chorar na minha frente!

A garota levantou a cabeça e dois rios desciam de seus olhos até o queixo. Ela passou o braço pelo rosto rapidamente, secando a marca das lágrimas.

— Você não quer ser amigo de uma menina chorona.

— Se essa menina chorona for a pessoa mais inteligente, mais legal e mais corajosa que eu conheço, com certeza! Fora que eu espero poder chorar e reclamar pra você quando eu ficar chateado...

— É claro que espera, *plebeu*... — ela disse, se animando um pouco. — E é claro que pode.

— Eu lido com esses manés há anos, não passam de uns invejosos, desesperados pra não serem classificados como qualquer outra coisa que "normal". Deixa eles pra lá...

— Você tem razão... Somos a melhor dupla, Nick e Irina! Nick e Irina, por cem anos! Nick e Irina, por um milhão de anos!

— Eu peguei a referência, espertinha... Mas tudo bem eu ser o Morty do seu Rick. Pode contar comigo pra qualquer coisa, Irina!

— Você também, Nick... Você também.

Eles riram juntos e se abraçaram, estreitando ainda mais uma amizade que duraria a vida inteira.

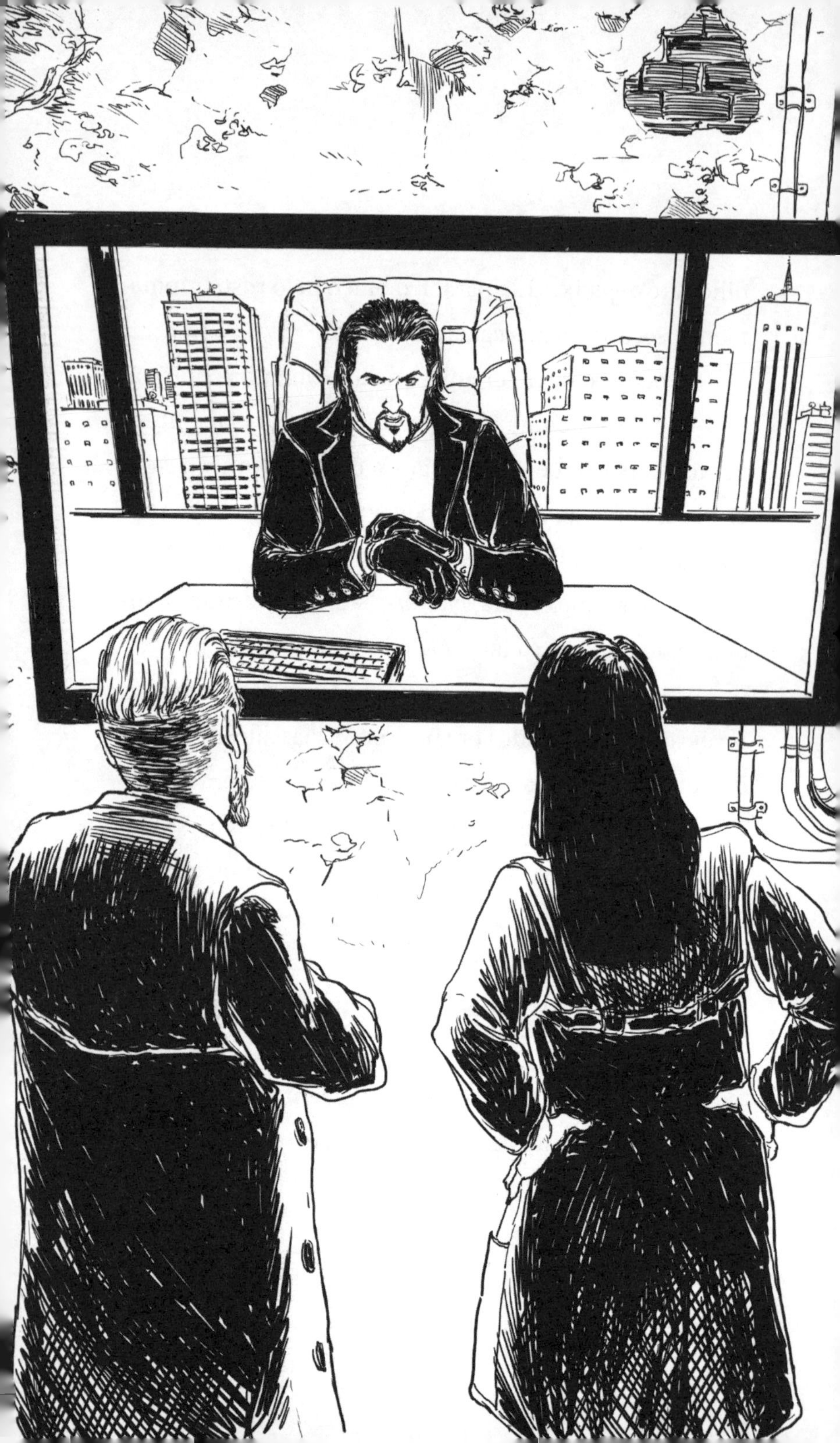

Londres, Inglaterra. Hoje.

Karen e Soren estavam mais uma vez na pequena sala subterrânea sob as docas londrinas. A voz eletrônica estava repreendendo a falha da equipe no Egito.

— ... e, ainda por cima, duas *crianças* escaparam com *duas* pedras! Inadmissível.

— Vamos pegá-los, ainda temos o velho sob custódia... Senhor Pemberton — disse Karen, muito satisfeita com ela mesma.

Após alguns instantes de silêncio, a silhueta na tela continuou:

— Creio que o mistério não será mais necessário. A senhorita é muito sagaz. É a primeira a descobrir quem eu sou e a ficar viva por mais de trinta segundos.

A luz no vídeo mudou, revelando um homem extremamente bem-vestido, com cabelos até os ombros e uma barba bem-aparada, rente ao rosto. Era Ambrose Pemberton.

Ambrose Pemberton era um dos homens mais ricos do mundo, dono da Pemberton Industries, um conglomerado de empresas que atuava em praticamente todos os ramos existentes, da indústria alimentícia à extração de nióbio. Sua posição foi herdada de seu pai, já que ele é o décimo sexto Pemberton rico e influente. Nos últimos anos, investimentos em empresas de tecnologia que estavam iniciando deram ao excêntrico bilionário controle de quase todos os aspectos da vida dos cidadãos de classe média do Ocidente. Seu sucesso parecia não ter fim, assim como a sua ambição, de acordo com os perfis e matérias em sites e revistas especializados.

— Engraçado... Me pergunto para que um homem que já tem tudo precisaria de uma pedra que faz vento e outra que faz água... — caçoou Karen, andando pela pequena sala.

— Mas é este exatamente o ponto, senhorita Hagen. Eu quero *absolutamente tudo*. Com todas as pedras sob meu domínio, tornarei o mundo inteiro mais ordenado e eficiente: uma grande máquina orgânica sob meu comando!

— Você sabe que só te dou a minha pedra depois de matar o homem que procuro, não é?

— Isso não será problema, acredite. Mas, antes, precisam me trazer as demais, o que me leva ao segundo ponto de nossa reunião.

— Achou mais uma? — perguntou Soren.

— Quase isso. Há indícios de que a pedra da terra pode ter sido usada em uma pequena tribo aborígene do centro da Austrália. Eles se recusam a compartilhar os dados, então preciso que vocês viajem até lá, matem todos, menos o líder, e o tragam para a Inglaterra.

Karen já estava andando em direção à porta da direita sem pestanejar, quando Soren segurou a mulher pelo braço. Ela parou, com uma mistura de surpresa e irritação, e olhou para o parceiro bruscamente.

— Karen...

— O que foi, Soren? Vai fraquejar agora?

— Mas... Uma vila de aborígenes inocentes, toda a vila...

A vilã quase colou seu rosto ao do homem, seus olhos tremiam de fúria. Seu punho direito ficou incandescente.

— Eu... não... me importo!

— Mas...

— Não foi você quem disse que iria comigo até o fim?

— Foi.

— Não foi você quem me ajudou a cometer não sei quantas atrocidades para procurar o maldito assassino dos meus pais?

— Foi.

— Então *me solta* e passa por aquela porta comigo!

— Se preferir, posso eliminá-lo agora mesmo, senhorita Hagen. Não quero que se distraia — disse Pemberton. Um raio passou por sua pupila esquerda.

— Não será necessário, senhor Pemberton — disse Soren, melancólico, começando a andar em direção à porta sem tirar os olhos do rosto impassível de Karen.

A porta da direita dava acesso a um corredor recheado de armamentos, coletes à prova de balas, lâminas diversas, extensos dossiês sobre as vítimas de cada missão e todo o tipo de material tático, como lanternas, comunicadores, localizadores e o que mais fosse necessário para que os criminosos tivessem a maior vantagem possível sobre suas presas; se falhassem novamente, não seria pela falta de recursos.

Soren estava se equipando como era de praxe nas incontáveis vezes que passou por ali àquela altura. Os movimentos já haviam se tornado automáticos, e o assassino estava pensando sobre como não conseguia se lembrar da época em que não trabalhavam para Ambrose quando sentiu o toque frio de uma pistola em sua nuca, seguido pelo *"click"* do gatilho se assentando na posição de disparo.

— Nunca mais me contrarie, Soren. Eu não pedi para que me acompanhasse e não vou pedir para ir embora se ficar no meu caminho, entendeu?

Ele se virou calmamente, até que o cano da pistola estivesse encostado em sua testa. Ficou olhando diretamente nos olhos de Karen mais uma vez. Aqueles olhos cheios de ódio e ressentimento, profundos, exibindo toda a dor de uma vida como um estandarte.

— Entendi, senhorita Hagen — Soren falou com mágoa, mas Karen levou a resposta como uma piada.

— Além disso, caso os aborígenes tenham uma pedra, vai ser uma boa prática antes de encarar alguém com duas pedras de poder — disse a mulher, casualmente. — Pelo que você me contou, isso aqui vai ser inútil — concluiu, chacoalhando a arma em sua mão e depois a colocando no coldre da cintura.

CAPÍTULO 11

Manchester, Inglaterra. Trinta anos atrás.

O pequeno Ambrose Pemberton vivia uma vida privilegiada. Seus pais eram incrivelmente ricos, ele fazia o que queria, tinha tudo que uma criança poderia ter, em troca de uma pequena exigência de seu pai, Balthazar Pemberton: que ele fosse um exímio estudante, para dar sequência ao legado da família.

Contudo, o pequeno Ambrose Pemberton vivia uma vida miserável. Seus esforços nunca eram suficientes, tanto nas matérias tradicionais quanto em suas lições de combate, tiro, armas exóticas, venenos e manipulação. O legado que Balthazar tanto prezava ia além dos negócios, enveredando para um lado bastante sombrio.

Em vez de contos de fadas, a primeira história que o garoto ouviu foi a dos filhos do pastor. A família Pemberton sabia a história, mas não era descendente direta do homem. Obcecado pelo poder das pedras, o fundador da família fez o possível para reunir recursos e poderes comuns aos humanos para tentar encontrar as rochas misteriosas e usá-las em vantagem própria.

Theodore Pemberton, tatataravô de Ambrose, chegou a encontrar o descendente portador da pedra da eletricidade e o assassinou: a família obtinha a sua primeira pedra. Apesar de não funcionar plenamente, com esforço suficiente era possível ativá-la, e ela foi passada de pai para filho ao longo do tempo. Ela seria de Ambrose um dia, desde que fosse merecedor de continuar o trabalho de sua família; caso contrário, Theodore precisaria gerar outro filho ou adotar um digno de sua missão.

A primeira tragédia da vida de Ambrose veio quando a sua mãe morreu prematuramente, dias antes do aniversário de dez anos do garoto. Seu pai não deu um instante sequer para ser dedicado ao luto, e um enterro foi providenciado às pressas. Segundo o patriarca, Alicia Pemberton "já havia cumprido a sua função e não era mais necessária". Por diversas vezes nos meses seguintes, Ambrose foi punido por ser pego chorando em sua cama.

Com o passar dos anos, todo traço de humanidade foi removido do jovem, talhando um homem com um único objetivo: dominar a raça humana e o planeta no qual ela vive. Suas mágoas, dores e punições tornaram-se combustível para uma carreira meteórica que multiplicou o patrimônio da família Pemberton além dos sonhos mais loucos de qualquer antepassado.

 Depois da morte de seu pai, o jovem adulto ainda estava focado no mundo dos negócios até surgirem os primeiros rumores de outra pedra, a do fogo. Alimentado por uma vida de pressão e remorsos, passou meses monitorando a situação da nova pedra de poder enquanto praticava a ativação da pedra da eletricidade, até ir pessoalmente à Dinamarca atrás dela, anos atrás...

Hebei, China. Hoje.

Aparatados pela Fundação McKenzie e parecendo mais dois exploradores saídos de filmes de aventura que adolescentes numa enrascada, Nick e Irina estavam tentando se livrar de um guarda no trecho da Grande Muralha que Irina acreditava ser a entrada para um complexo subterrâneo que os conduziria à pedra da mente.

 Levou muito tempo, diversas repetições de palavras soltas em inglês em tons de voz variados e muitos gestos complexos para convencer o guarda de que eles estavam apenas gravando um vídeo (por sorte, Nick tinha levado uma pequena câmera GoPro na mochila). Aquela parte da Muralha não era muito movimentada, mas a presença de alguns turistas, que se amontoavam para acompanhar o drama, ajudou a acelerar a liberação deles.

Depois disso, tiveram que perder algum tempo fingindo fazer o tal vídeo enquanto o guarda continuava próximo. Nick chegou a entrar na onda e chamou alguns turistas para entrevistar, fez piadas e puxou dados históricos da construção – tudo em português, sem ninguém entender patavinas do que acontecia. Só puderam dar sequência ao plano depois que as outras pessoas perderam o interesse.

Segundo a pesquisa de Irina, a entrada para a rede de túneis estaria dentro de uma das casamatas de vigia espalhadas pela Muralha. A garota já havia reduzido para duas possibilidades, e eles entraram na primeira delas, que foi escolhida porque, segundo ela: "Essa aqui fica mais próxima de um desabamento sem explicação de um pedaço da Muralha". Quando entraram, Nick ficou de vigia, pronto para jogar qualquer um longe com uma bela ventania, enquanto Irina vasculhava o lugar.

Após algum tempo, a garota encontrou um mecanismo escondido atrás de uma das pedras da parede, revelando um alçapão no assoalho. Eles entraram rapidamente e desceram um lance de escadas muito íngreme e irregular, claramente feito há muitos anos, antes das técnicas modernas de construção. Ao atravessarem uma passagem estreita, não precisavam mais das lanternas: o espaço todo era iluminado artificialmente com lâmpadas de mineração.

A dupla estava numa espécie de mezanino, que dava para uma câmara colossal, com muitos quilômetros quadrados de área e um pé-direito de pelo menos vinte metros. Daquela posição, conseguiam ver que a plataforma na qual estavam dava acesso a um labirinto, como no filme *O iluminado,* mas de terracota em vez de arbustos. Bem no meio da construção havia um grande retângulo, com o que parecia ser um altar decorado com enormes vasos e um grande símbolo do *yin-yang*. Da distância que se encontravam, era impossível ver ao certo o que estava no altar.

— Caraaaaca! Você tá acreditando neste lugar, Irina?

— É um absurdo! Mas, por mais impressionante que seja, fica esperto, Nick! Acho que vamos ter problemas...

— Por que você sempre acha que vamos ter problemas? Quanto pessimismo!

— Prefiro chamar de realismo, especialmente quando uma câmara secreta milenar tem luz elétrica. Alguém já esteve aqui antes da gente...

— Nossa, é mesmo! — disse o garoto, se dando conta da discrepância da iluminação com o ambiente. — Será

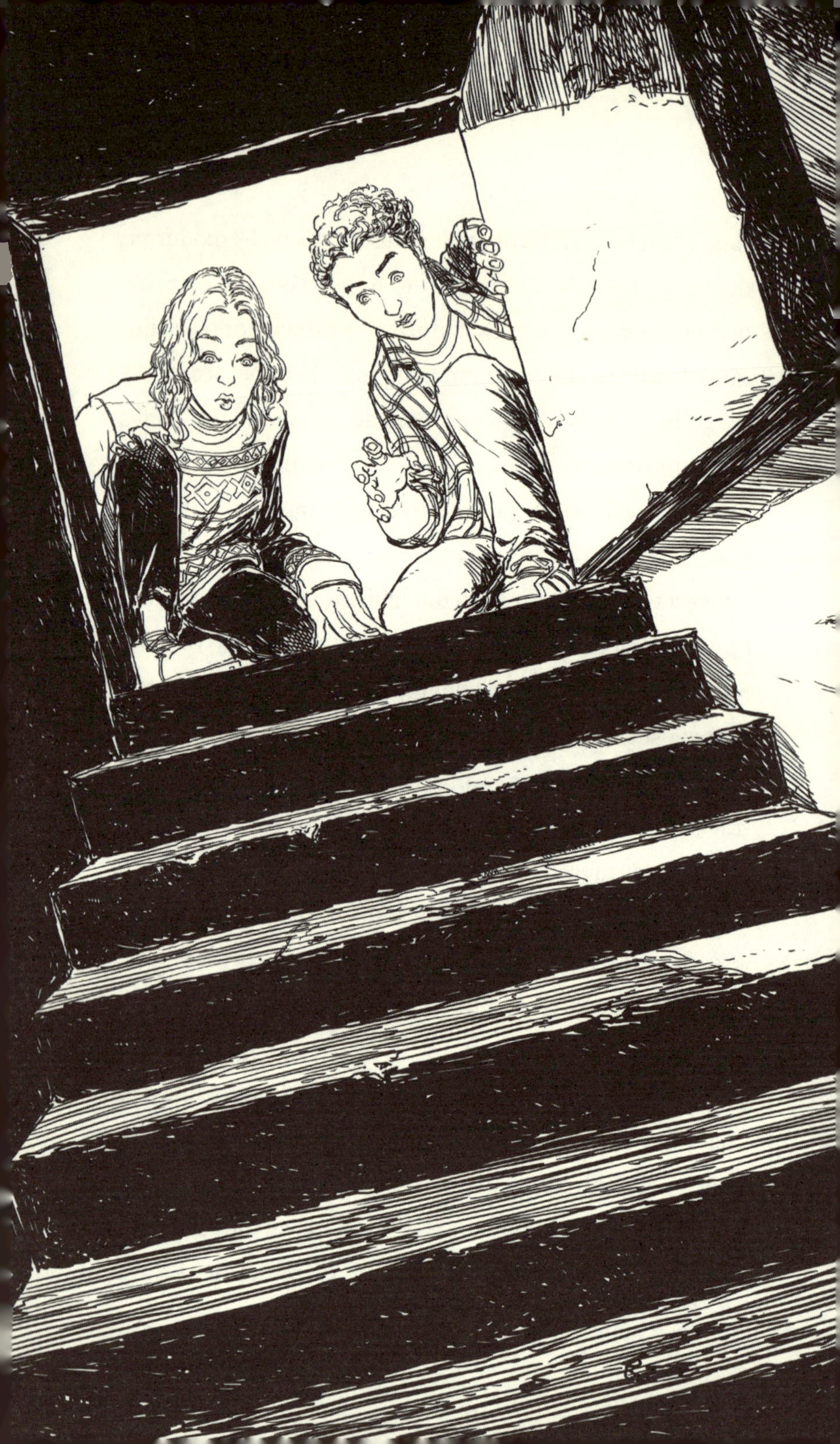

que ainda tem alguém aqui embaixo? — ele sussurrou a última parte, desconfiado das sombras.

— Acho que não, mas não dá pra saber daqui... Me dá um minuto pra decorar o caminho do labirinto e a gente vai com cuidado!

Depois de alguns minutos, eles desceram para o labirinto propriamente dito. Nick tinha plena confiança na memória de Irina, que era fora do comum, mas a arquitetura do lugar era feita justamente para enganar quem se orientasse pela visão do pequeno mezanino; depois de cerca de quinze minutos caminhando, deram de cara com um beco sem saída. Na parede, havia uma inscrição com ideogramas chineses bem grandes.

— Puxa, eu queria saber o que tá escrito aí... — disse Nick, chegando mais perto da parede.

— "Quando o poder da natureza se revela, os homens sentem medo. Mas aquele que lidera a outros deve ter o espírito movido por uma profunda segurança interior, que o torna imune a todos os terrores vindo do exterior"— respondeu Irina.

— Você lê chinês? — Nick se virou para a amiga, abismado.

— Não. Google Tradutor — ela disse, agitando o celular. — Baixei mandarim e cantonês no aplicativo antes de sairmos de Londres.

Eles voltaram pelo caminho e tomaram outras rotas, acabando em becos mais outras duas vezes, para a irritação de Irina. Nas duas ocasiões, novas frases os aguardavam: "Aqueles que compreendem as leis da natureza e confiam em si e no futuro podem influenciar outros sem esforço", que Irina entendeu como uma pista da pedra da mente, e "Há ocasiões em que os recursos externos são escassos. O importante, neste caso, é não ter vergonha da simplicidade, para que a riqueza interior seja expressa em sua verdadeira forma".

— Este labirinto tá conversando com a gente. Essa pista é importante, Nick.

— Saquei... "Recursos externos escassos" tem a ver com a gente aqui, sem caminho para chegar no meio do labirinto. "Não ter vergonha da simplicidade" deve ter a ver com a gente assumir isso e parar de tentar achar uma razão mirabolante, né?

— É isso mesmo! Genial, Nick! — Irina se aproximou da parede, passou a mão até chegar bem no meio da inscrição e bateu com força três vezes.

Na terceira vez, uma parte da parede se despedaçou, revelando um novo caminho. Nos corredores, várias inscrições contavam a história do imperador maligno e a decisão de seu filho de esconder as pedras de poder, indicando que estavam na trilha certa. Nick e Irina ficaram animadíssimos, andando cada vez mais rápido, até chegarem ao grande espaço retangular no centro do labirinto.

O altar estava vazio.

Inscrições e uma depressão no formato de uma pedra com ângulos bem retos indicavam que aquele era mesmo o lugar certo, mas a pedra não estava mais ali. E, pior, não havia sinal que indicasse que a pedra da terra sequer tivesse sido escondida no mesmo lugar; logo, os amigos levaram duas furadas pelo preço de uma.

Frustrada, Irina passou duas horas vasculhando cada milímetro do centro do labirinto, procurando por alguma pista ou prova de que o altar fosse apenas algo feito para despistar algum interessado na pedra que chegasse até ali. Infelizmente, ela precisou admitir a derrota e os dois voltaram para a superfície, desanimados.

Os ânimos só pioraram quando eles chegaram ao lado de fora da casamata: Karen estava esperando por eles com o triplo de soldados que Soren havia levado para o Egito. Eram muitas armas juntas até mesmo para a brilhante Irina. Sem sequer piscar, Nick pulou para a frente, já alçando voo em direção à vilã, gritando: "Devolve meu avô, desgrama!".

Nick mal teve tempo de reagir: uma bola de fogo de um metro de diâmetro tinha surgido na frente de Karen e viajava em sua direção com uma velocidade impressionante.

O garoto nem sequer teve tempo de registrar a sua surpresa por estar vendo *uma bola de fogo de verdade* quando foi atingido, desmaiando com o impacto e caindo no chão.

— NICK! — Irina tentou correr na direção do amigo, mas uma coronhada na nuca a fez desabar, zonza.

Ela teve tempo apenas de registar o sorriso maldoso no rosto da mulher fria à sua frente e ouvi-la dizer:

— Podem levá-los para o helicóptero.

CAPÍTULO 12

Quando recobrou a consciência, Nick percebeu que Irina e ele estavam no topo de um arranha-céu. Essa certeza veio bem rápido, graças ao vento gelado fortíssimo que soprava e pela ausência de outros prédios na linha de visão. O terraço do prédio tinha uma estrutura estranha, com uma espécie de palco numa das bordas, com uma grande parede escura fazendo as vezes de fundo.

Irina ainda estava desmaiada e o garoto viu Karen e Soren num canto, além de um homem alto e elegante que segurava uma bengala com uma pedra muito bonita, de um azul intenso, rajada de dourado. A pedra havia sido polida e arredondada, servindo perfeitamente de empunhadura. Nick chacoalhou a amiga para que acordasse, enquanto levava a outra mão à pedra que ficava pendurada no cordão em volta de seu pescoço.

— Sim, ainda está com a sua pedra, jovem Pereira... mas apenas porque temos dois imprestáveis aqui... —

disse o homem, claramente se divertindo. Algo naquela voz causou arrepios em Nick.

— Eu já disse: informações primeiro, pedras depois — retrucou Soren, com seu sotaque mais carregado que nunca, muito tenso.

— Q-quem é você? Onde estamos?

— Sou Ambrose Pemberton e estamos em um lugar onde não seremos interrompidos para conduzir negócios.

— Quem?

— Também pode me chamar de "sua chance de permanecer vivo", garoto idiota.

— Ambrose Pemberton... *urgh*... bilionário dono de um império tecnocrata... — disse Irina, se levantando.

— Ponto para a nerdinha! — disse Karen, descruzando os braços e dando alguns passos em direção aos jovens.

Nick deu um pequeno pulo e alçou voo, ficando a alguns palmos do terraço e aproveitando os fortes ventos para fazer uma parede invisível entre eles e os adultos.

— Ótimo, garoto. Obrigado pela demonstração! Se me derem as suas pedras dentro do próximo minuto, deixarei que partam com... isso. — Ambrose estalou os dedos e a parede do palco se iluminou: a tela gigante mostrava Américo, amarrado e amordaçado, mas aparentemente bem.

— VÔ! — Nick ameaçou disparar, mas se segurou.

Américo reagiu, o que indicava que ele estava assistindo ao que acontecia no telhado. Abalado, o garoto acabou voltando para o chão.

— Trinta segundos, garoto — avisou Ambrose.

— Solta logo o meu avô, seu nojento imundo!

— Não tenho paciência com crianças... Eu só quero as pedras, nada mais — cortou Pemberton. — Você, seu avô e a sua amiguinha poderão viver tranquilamente, até melhor que antes, na minha nova ordem mundial. Mas é claro que, caso queiram lutar, serão três adultos contra duas crianças insignificantes.

— Você tá louco se pensa que eu vou te dar qualquer coisa que não seja...

— Tempo. Senhorita Hagen? — o bilionário interrompeu novamente.

Mais uma bola de fogo voou para cima de Nick, que desta vez conseguiu desviar, soltando uma forte rajada de vento que moveu seu corpo rapidamente.

Um jato d'água acertou Nick em cheio, obrigando o garoto a pousar no telhado novamente. Soren estava prensando o menino com a pedra de poder, mas Irina materializou uma grande caixa de madeira bem em cima do assassino, que perdeu a concentração.

— Eu me encarrego dele, Nick! Cuidado com ela!

Nick ia perguntar de quem Irina estava falando quando sentiu o calor de um punho incandescente indo na direção de seu rosto. Sem pensar, decolou em um *loop* e deu impulso com os dois pés nas costas de Karen, fazendo a mulher beijar o chão.

— Seu moleque IMBECIL! — As palavras saíam da boca de Karen em jorros de puro ódio, cada uma acompanhada de uma rajada de fogo direcionada ao garoto, que desviava freneticamente e tentava derrubá-la com seus minitufões, que se expandiam a partir de seus braços. A adrenalina era tanta que Nick se sentia capaz de fazer qualquer coisa.

Do outro lado do telhado, Irina escapava de tudo que Soren mandava em sua direção, materializando diversos objetos e atacando o adulto com as coisas mais inusitadas; aproveitou o momento que um desentupidor acertou o rosto de Soren em cheio para se esconder, para a fúria do dinamarquês, que xingava em seu idioma nativo.

Ambrose observava tudo com as mãos juntas em sua bengala, divertindo-se. Pequenos raios passavam de suas mãos para a cabeça, rodeando os braços e se dispersando nos olhos duros do magnata. Nick estava começando a suar, tanto pelo esforço quanto pelo calor das rajadas de Karen, se perguntando como ele havia acabado dentro de um filme de super-heróis.

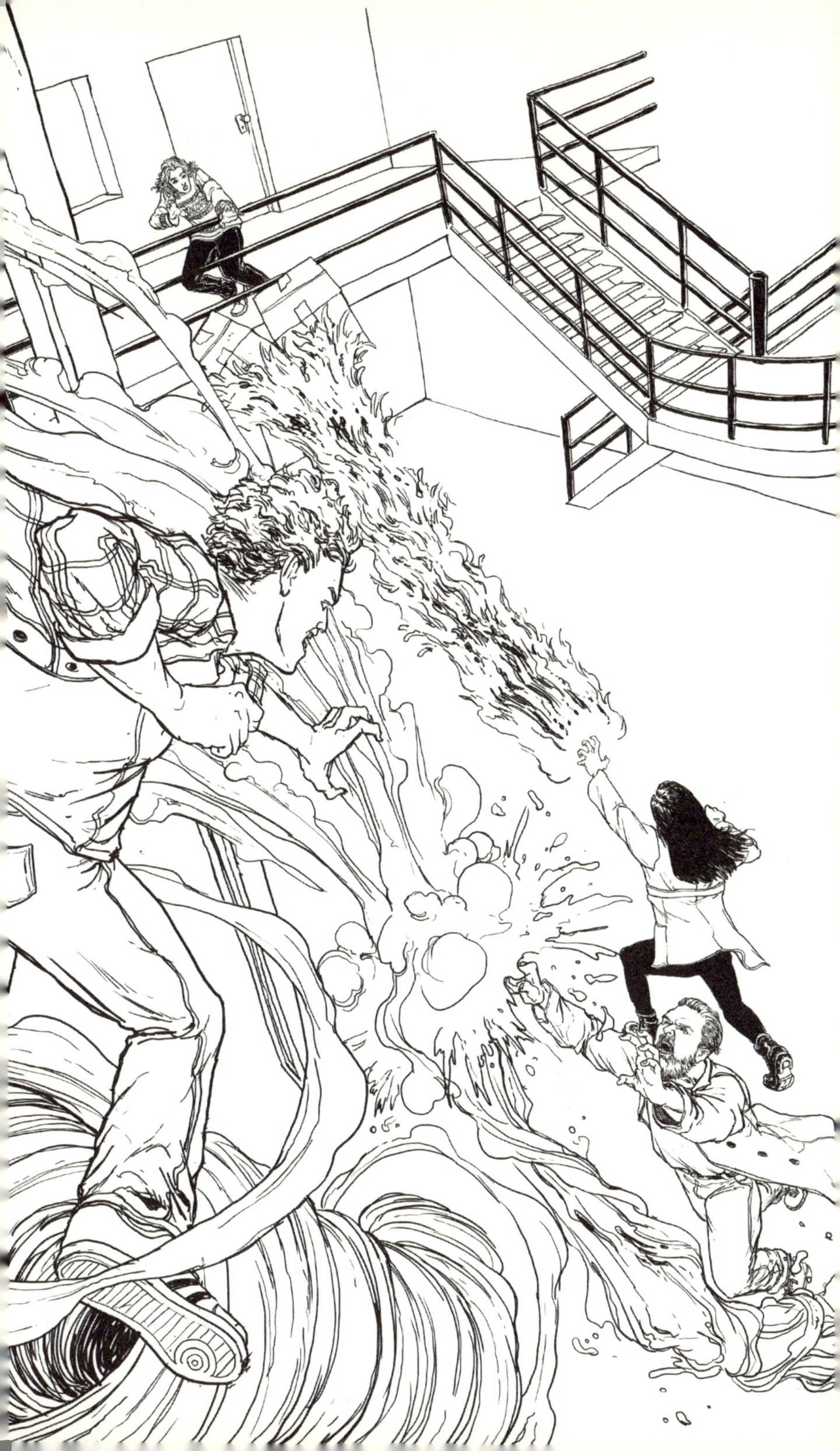

CAPÍTULO 13

Nick decidiu partir para a ofensiva. Quando desviava de uma bola de fogo ou rajada de Karen, descia rapidamente em um rasante e, concentrando o ar ao redor do punho, tentava atingir a vilã. Enquanto isso, Irina estava em um jogo mortal de gato e rato com Soren, usando tubos de ventilação, escadas e outras partes do terraço para obter alguma vantagem sobre o assassino. Américo continuava a assistir a tudo, se debatendo para tentar se soltar, mas sem sucesso.

Quando Nick finalmente conseguiu acertar um soco em cheio no rosto de Karen, a briga mudou de forma. Cuspindo sangue no chão, a mulher fez sinal para que o garoto tentasse novamente, assumindo uma pose de luta e tornando os dois punhos incandescentes. Pequenos incêndios queimavam praticamente tudo que ainda não estivesse pegando fogo no terraço, deixando o cenário com ar apocalíptico.

Nick deu mais um rasante e seguiu certeiro em direção a Karen, determinado a acabar logo com a luta, mas no último instante a vilã desviou rapidamente, agarrou o braço de Nick e deu uma cotovelada fortíssima em suas costas, fazendo-o desabar. Uma queimadura leve no formato da mão de Karen carimbou o braço de Nick; se não fosse a película de ar, o garoto estaria com uma queimadura de terceiro grau.

— Você não vai me parar, garoto. Eu *não* vou parar até encontrar o assassino dos meus pais! — ela gritou, lançando outro golpe.

— E o que eu tenho com isso? So tô aqui pelo meu vô!

— Ambrose tem informações sobre o assassino e só vai me passar quando eu terminar este serviço. Além disso, eu *odeio* essas malditas pedras!

— Bem, isso não te impede de usar uma, né? — o garoto retrucou, desviando de mais uma rajada.

O jato de fogo fez um buraco em um exaustor, revelando a cabeça de Irina do outro lado. A caçada de Soren recomeçava, com ele lançando rajadas fortíssimas de água ao menor sinal de movimento, chegando até a cortar alguns canos com a pressão de seus ataques.

— Meus pais morreram por causa delas! Eu vou *tostar* aquele maldito, assim como fiz com os dois dedos que ficaram para trás! — Karen gritava enquanto desferia golpes.

Alguns deles acertavam Nick fazendo com que o garoto parasse por um instante. Uma sequência de socos na barriga o deixou sem ar e ele caiu sentado no chão, ofegante. Karen ficou em pé bem à sua frente, com uma bola de fogo pronta para ser lançada sobre sua palma aberta.

Irina materializou um taco de beisebol e conseguiu enganar Soren mais uma vez, dando a volta por trás dele e acertando a sua cabeça em cheio. A força não era suficiente para deixá-lo inconsciente, mas o dinamarquês ficou atordoado no chão, tentando reunir forças para se levantar. Cansado daquele show, Ambrose decidiu acabar com tudo e desceu rapidamente do palco em direção a Irina, segurando um ombro da garota antes que ela pudesse dar mais um golpe.

Duas coisas aconteceram rapidamente ao mesmo tempo: com o susto, Irina tentou, por instinto, fazer sumir o que a havia tocado, mas ela nunca tinha treinado para fazer um humano inteiro desaparecer; em vez disso, fez apenas a luva de Ambrose se desmaterializar. Enquanto isso, Irina recebia uma descarga elétrica vinda da mão de Pemberton, que usava o poder da pedra da eletricidade para derrubar a menina de vez.

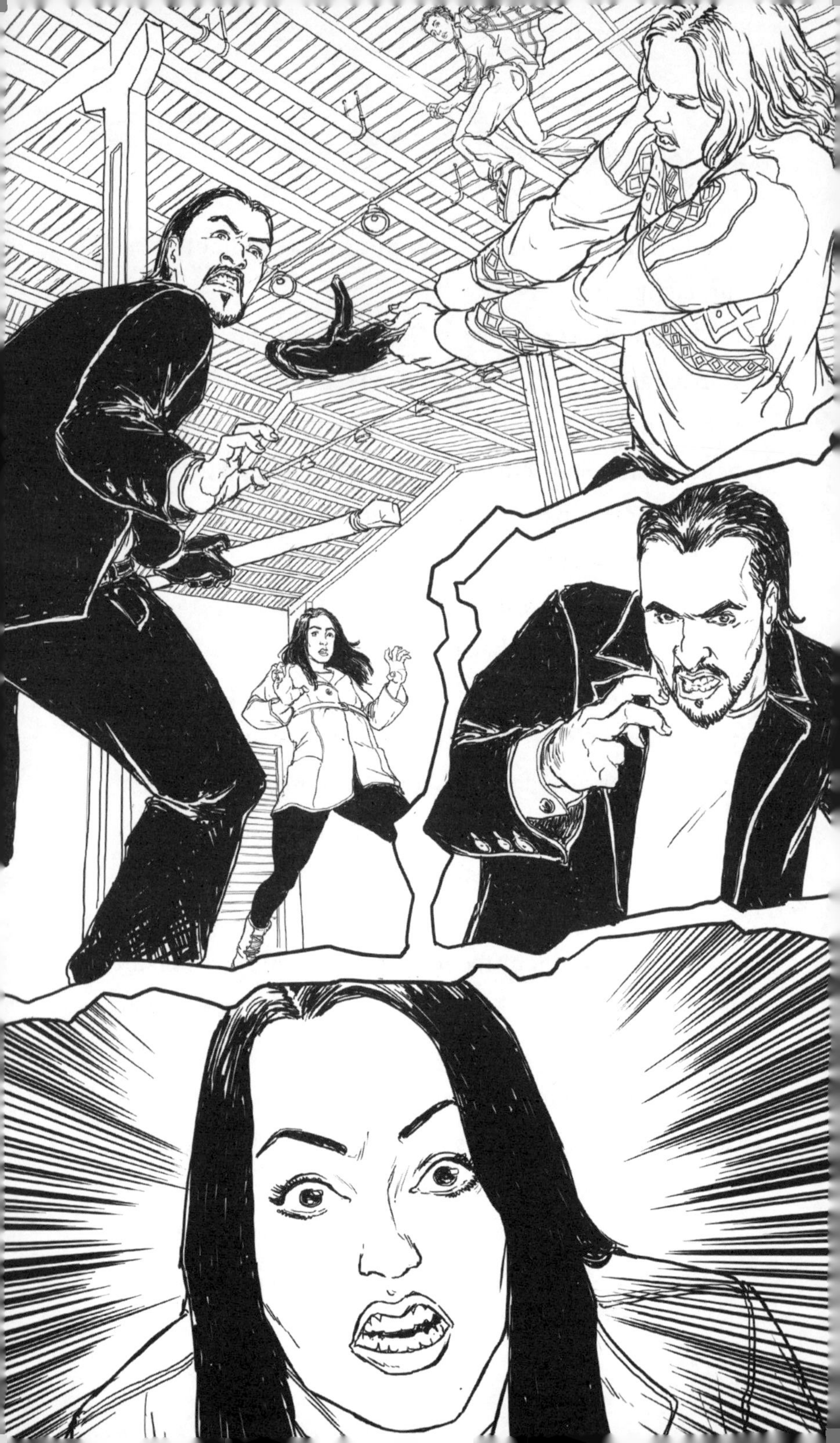

O conflito entre poderes também reduziu a força do choque, que não chegou a fazer Irina desmaiar, mas apenas perder o equilíbrio. Ela se virou e notou que a mão de Ambrose tinha apenas três dedos – na luva provavelmente havia algum tipo de enchimento para mascarar a amputação.

— F-foi você... — Irina gaguejou, apontando para a mão.

Soren estava se levantando neste momento e seguiu a direção que a garota apontava, também notando a ausência de dedos. Ele tinha ouvido a história do assassinato dos Hagen centenas de vezes e sabia cada detalhe de cor, já que havia tomado para si a missão de vingança de Karen. Conforme tudo se encaixava, Soren surtou.

— KAREN! Foi esse maldito aqui que matou os seus pais! — Uma serpente de água girava em seu braço direito, pronta para saltar.

A vilã se virou, olhou para a cena estranha de seu parceiro atacando o chefe e então percebeu a ausência de dedos na mão de Ambrose, que agora a mantinha erguida, com a palma aberta, na direção de Soren. Karen começou a ferver: o ar ao seu redor ondulava, como acontece com o asfalto em dias muito quentes.

Soren disparou a serpente d'água com toda a sua força, mas ela não atingiu o alvo; Pemberton parecia uma bobina de Tesla, soltando poderosíssimos raios por todas as direções, mas com foco na coluna de água do dinamarquês, que recebeu uma enorme descarga de eletricidade e, com um grito, caiu inconsciente e queimado, soltando fumaça.

— Água conduz eletricidade, imbecil...

A selvageria da explosão elétrica foi tanta que até Irina acabou atingida, com uma grande marca chamuscada na calça e uma parte da perna direita queimada. A garota estava se arrastando para um lugar mais seguro quando o rugido de Karen ressoou por cima do ruído dos ventos que continuavam a soprar com força no topo do prédio.

— PEEEMBERTOOON!

Karen estava parecendo o Tocha Humana, coberta dos pés à cabeça de labaredas tão quentes que algumas queimavam brancas – os olhos doíam apenas de olhar na direção da mulher. Tomada por uma fúria sem precedentes, ela lançou dois jatos fortíssimos de fogo para trás, o que a fez voar como um torpedo flamejante em direção ao bilionário.

Ambrose criou um grande campo eletromagnético ao seu redor, bancando o Magneto e flutuando com graça e agilidade, esperando pacientemente que a mulher o alcançasse. O primeiro golpe de Karen foi aparado com a bengala, causando uma grande dispersão de fogo e eletricidade no formato de duas meias-luas fatais, que só fez piorar a situação do terraço. Nick correu até Irina para checar a perna da amiga.

— Caramba, Irina! Tá doendo?

— Um pouco, mas consigo aguentar... Só não sei se consigo correr.

— Isso é o de menos, eu te carrego pra longe daqui! Você tem um plano? — Nick estava claramente desesperado.

— Essa é a nossa chance, Nick. Enquanto eles estão distraídos, vou hackear o sistema para tentar encontrar o seu Américo. Acho que ele tá nesse prédio, pelo padrão da janela atrás dele.

Enquanto isso, uma luta espetacular acontecia. Os dois combatentes tinham total controle de suas pedras de poder, que, graças à proximidade, estavam mais fortes que nunca. Eles voaram cada vez mais alto, o que foi bem-recebido pelas pessoas que ainda estavam no terraço, pois era muito fácil ser pego no fogo cruzado.

Karen estava tão quente que algumas partes da estrutura ao seu redor começaram a derreter. Enquanto isso, Ambrose emitia um brilho azulado muito intenso que pulsava; os golpes da chama viva eram descontrolados, furiosos, mas intensos, enquanto o excêntrico vilão se concentrava para conter todo o fogo e desviava com facilidade, minando aos poucos a área de incêndio ao redor da dinamarquesa. A distância, parecia que uma supernova lutava contra uma estrela de nêutrons em uma briga celeste sem precedentes; brilhavam tão forte que o próprio dia escureceu ao redor do arranha-céu da Corporação Pemberton.

— Seu desgraçado! Vou te fazer pagar pelo que fez com a minha família! Vou queimar seu corpo até só sobrar PÓ!

— Mulherzinha ridícula... Sequer consegue encostar em mim! Eu fiz um favor aos seus pais; assim, eles não precisaram ver a decepção que você se tornou. — A voz de Pemberton era carregada de desprezo.

Soren tinha acordado, mas estava em péssimas condições. Ele tentou se juntar à luta para ajudar sua parceira, mas foi nocauteado novamente com um raio preciso, direto em seu peito, quando tentou lançar um jato d'água.

— Ora, talvez eu tenha acabado de matar mais uma pessoa importante para você. Como se sente?

— SOREEEEEEEN!!!

Karen começou a desacelerar. Sua raiva havia consumido boa parte de suas energias, e ela estava com sérias dificuldades para manter o ritmo. Notando a brecha, Ambrose abraçou a oportunidade e concentrou todo o seu poder em um raio potente que saiu do meio do seu peito, atingindo a dinamarquesa com tudo e prensando-a no chão do terraço, que tremeu violentamente com o impacto.

Nick partiu para cima do vilão, desferindo uma série de golpes com seus braços expansíveis de vento, enquanto Irina tentava distrair o mestre da eletricidade, fazendo o movimento de quem lança uma bola de beisebol e, imediatamente após o lance, uma bola nas mesmas dimensões, mas feita de puro aço, surgia e seguia em direção ao vilão a uma velocidade impressionante.

Ainda vivo, Soren acordou e foi diretamente até Karen. Quando alcançou a pequena cratera formada pelo raio e tocou em Karen, levou um choque. A descarga acordou a vilã, que levantou a cabeça, tossiu sangue e começou a falar com muita dificuldade:

— Todo... esse tempo... era ele...

— Calma. Não se mexa muito, você precisa descansar.

— Não vamos conseguir... Estamos acabados...

Soren estava apreensivo, preocupado tanto com o estado da parceira quanto com a possibilidade de serem atingidos novamente, enquanto a luta entre os outros três se desenrolava. Com um braço trêmulo, Karen apontou na direção de Nick.

— O garoto... Ele é a nossa chance...

— O quê? Ele é só uma criança!

— Temos que entregar as pedras para ele... Confie em mim, é a única maneira...

— Eu confio... Precisamos criar uma neblina juntos, como naquele trabalho na Escócia, se lembra?

— E como eu esqueceria? - ela sussurrou, com um sorriso no rosto.

— Você consegue?

— Consigo... Nem que eu use minhas últimas forças.

Mesmo gravemente feridos, eles conseguiram criar uma neblina densa ao evaporar a água gerada por Soren com o calor da pedra do fogo de Karen. A luta foi então interrompida, já que ninguém podia enxergar nada – exceto Nick. Uma espécie de túnel surgiu na névoa, permitindo que o garoto visse os dois adultos feridos no telhado. Mesmo sem entender o que estava acontecendo, decidiu ir até eles.

— O que vocês querem? Cadê o meu avô?

— Ele está no vigésimo terceiro andar. A senha da porta é 280186 — respondeu Soren, muito sério. — Garoto, vamos te entregar nossas pedras. Entende a importância disso?

— O quê? Vocês enlouqueceram?

— Você é nossa única chance... nossa e do seu avô... de sair daqui com vida — sussurrou Karen entre tossidas violentas.

Ao receber as pedras, Nick sentiu uma força gigantesca correndo por todo o seu corpo. Era uma sensação incrível e, revitalizado, o garoto se sentiu invencível.

— Eu vou pra cima dele com tudo, é melhor vocês encontrarem um lugar para se protegerem.

Usando as três pedras, Nick dissipou a névoa e voou na direção do vilão atordoado. Literalmente puxando com suas mãos, Nick drenou a água da tubulação do prédio e envolveu Pemberton em uma esfera. Rapidamente, usando a pedra do ar, o garoto resfriou toda a água, prendendo o vilão em um bloco de gelo.

Nick e Irina se encararam sem acreditar no que tinha acontecido.

— Nossa, Nick! Isso foi genial!

— Pois é! E eu nem sei como fiz isso... eu só fiz.

A pedra engastada de Ambrose começou a brilhar intensamente e então uma descarga elétrica enorme explodiu o bloco de gelo com um grande estrondo.

Agora a luta começaria para valer.

CAPÍTULO 14

Quando Nick se virou, mal podia acreditar no que estava vendo: apesar de Ambrose ter destruído o gelo imponentemente, Irina não perdeu tempo e começou a lutar contra ele de igual para igual, e apenas com a pedra da materialização. A garota continuava a arremessar as esferas super-rápidas enquanto criava plataformas, paredes e até mesmo escorregadores para desviar dos ataques do bilionário ao mesmo tempo que revidava.

Determinado a ajudar a amiga, resgatar o avô e dar um fim em tudo aquilo, Nick tentou ativar as três pedras ao mesmo tempo. Colocou cada fibra do seu ser nesse esforço, fechando os olhos e apertando bem os punhos: era a hora do tudo ou nada.

Uma energia descomunal percorreu cada célula do corpo de Nick, fazendo com que qualquer fragmento de razão abandonasse a sua cabeça. A partir daquele momento, com o poder de três pedras elementais, ele tinha se tornado mais que humano. Agindo com base apenas no último pensamento que teve conscientemente, decolou na direção de Pemberton, pegando-o de surpresa e o atingindo em cheio, jogando o vilão contra o helicóptero que os havia levado até ali.

O helicóptero explodiu, transformando o heliponto em uma grande bola de fogo alaranjada que mais uma vez fez o dia parecer noite. Ambrose saiu do meio das chamas, andando lentamente, sem um arranhão sequer.

— Cansei de lutar contra duas crianças imbecis... — ele disse, batendo a poeira do ombro do paletó. — Como nada está saindo conforme o planejado, você acabou de condenar seu avô à *morte*.

Com a última palavra, o bilionário soltou outra poderosa rajada como a que havia derrubado Karen, e instantaneamente Nick criou uma barreira de fogo à sua frente. Quando a rajada elétrica estava prestes a atingir a barreira, ela se dividiu em duas, fez uma curva e atingiu o garoto em cheio.

Graças ao poder combinado das três pedras, a rajada de Ambrose não foi suficiente para derrubar Nick, que partiu para o ataque mais uma vez. Com a agonia de estar assistindo a um *replay* da última luta contra o vilão, Irina gritava instruções e avisos para Nick, mas não adiantava; o garoto realmente estava além de qualquer razão, e os ataques bem-sucedidos de Pemberton o deixavam ainda mais furioso.

— Pode continuar tentando, mas sabe que irá fracassar, garoto. É por isso que seus pais não te amam, é por isso que sempre ficaram distantes. Quem quer uma criança inútil assim? Acorde! Você é um lixo!

Lágrimas começaram a correr pelo rosto de Nick.

Américo, que ainda acompanhava tudo por vídeo, finalmente conseguiu tirar a sua mordaça. Ele gritou um "Nick!", que ressoou como um trovão no terraço, graças aos potentes alto-falantes do sistema do palco. O chamado do avô tirou Nick do transe, porém, ao mesmo tempo, deu a Ambrose a brecha de que ele precisava: uma sequência devastadora de socos, chutes, cotoveladas e joelhadas elétricas mandou o garoto para o chão, fazendo com que ele soltasse as pedras do fogo e da água.

Muito machucado e lutando para se levantar, Nick viu Ambrose se aproximar com uma expressão de satisfação pela vitória; o vilão ficaria com quatro pedras, talvez cinco se conseguisse pegar a sua amiga. Desesperado, colocou o cérebro para funcionar o mais rápido possível; se ao menos fosse inteligente como Irina!

— Desculpa, Irina... Desculpa, vô...

O garoto tinha certeza de que jamais teria chegado tão longe sem ela. Foi Irina que os havia levado até ali. Que resolveu todos os desafios e enigmas. Que tinha lutado contra aquele monstro elétrico de igual para igual por vários minutos, desafiando todas as probabilidades. Foi Irina que aprendeu a lidar com o poder de uma pedra de um dia para o outro, tempo recorde.

Foi então que Nick teve um estalo: era isso! Ambrose já estava tocando os pés no chão, a mão mutilada estendida para uma das pedras caídas...

— Irina! Lembra de *Dragon Ball*? As esferas do dragão! Eu já fiz o meu pedido! E agora, o que acontece?

Pemberton parou onde estava, sem saber o que pensar daquela conversa sem pé nem cabeça, enquanto Américo abria um sorriso no telão e Irina, pegando a referência imediatamente, fechou os olhos, se concentrou o máximo que era possível e, com um grito forte, as veias do pescoço saltando, esticou os braços com as palmas da mão bem abertas, na direção de Nick e Pemberton.

Todas as pedras de poder – com exceção da pedra de Pemberton – se materializaram na frente de Irina, pulsando com uma luz radiante. Nick e Ambrose ficaram observando, chocados, enquanto as pedras brilhavam cada vez mais rápido e mais forte, até que... elas desapareceram ao mesmo tempo.

— Nãããooo! — gritou Ambrose, furiosíssimo. — Malditas crianças! Maldito moleque! — ele continuou gritando, acertando um belo chute no estômago de Nick, que fez o garoto soltar um sonoro "*Uff*!". Irina, exausta, estava caída no chão, de joelhos.

— Isso não acaba aqui, desgraçados! — o bilionário continuou, puxando um controle e apertando um botão.

Uma voz eletrônica deu o primeiro alerta pelo sistema de som do palco:

DEZ MINUTOS PARA A AUTODESTRUIÇÃO.
ATENÇÃO:
DEZ MINUTOS PARA A AUTODESTRUIÇÃO.

Ambrose foi até onde Nick estava caído e levantou o garoto pelos cabelos.

— Eu quero que você saiba, moleque, que, mesmo com vocês fritando junto com este prédio, eu vou atrás dos seus pais. Aqueles palermas provavelmente estão com a outra pedra, e eu vou fazê-los sofrer antes de matá-los. Vou garantir que saibam que seu precioso filho já morreu, além daquele velho idiota! — E, com isso, bateu a cabeça de Nick no chão.

O vilão usou seu poder de magnetismo para voar para longe do terraço e desapareceu da vista dos jovens.

SETE MINUTOS PARA A AUTODESTRUIÇÃO.

ATENÇÃO:
SETE MINUTOS PARA A AUTODESTRUIÇÃO.

— Nick, precisamos ir! Eu tentei hackear o sistema pra desligar a autodestruição, mas não tem como!
— *Urgh...* Vamos pegar o meu avô! Rápido!
— Nick, Irina! Corram, andem logo! Não percam tempo comigo, fujam!
O vídeo ainda mostrava Américo amarrado.
— Nunca, vô! — gritou Nick, se levantando com um novo surto de energia.
Notando que Karen e Soren não estavam mais no telhado, a dupla correu pelas escadas do prédio até o vigésimo terceiro andar. As poucas pessoas que eles viram eram retardatários, correndo desesperadamente para escapar antes da destruição. O prédio começou a tremer.

CINCO MINUTOS PARA A AUTODESTRUIÇÃO.
ATENÇÃO:
CINCO MINUTOS PARA A AUTODESTRUIÇÃO.

O andar parecia um labirinto: corredores apertados brotavam de todos os lados, com centenas de portas em todas as direções possíveis. Desesperados, os amigos corriam contra o tempo para resgatar o avô de Nick.

Eles encontraram a única porta com uma trava numérica, colocaram a senha de Soren e finalmente encontraram Américo. Assim que o soltaram da cadeira, Nick abraçou o avô bem forte. Pouco depois, Irina pulou em cima deles, também os abraçando. Lágrimas de alegria corriam pelo rosto dos três.

— Eu estou tão orgulhoso... De vocês dois, seus pequenos heróis! Sabia que conseguiriam impedir aquele maluco!

SESSENTA SEGUNDOS PARA A AUTODESTRUIÇÃO.

CINQUENTA E NOVE...

CINQUENTA E OITO...

CINQUENTA E SETE...

— Ai, *caspita*! Nunca vamos chegar no térreo a tempo! — disse Nick, preocupadíssimo.

— Tá tudo bem, Nick! Eu já chamei reforços.

— Ué, quem?

A garota apontou o dedo para a janela com um sorriso no rosto. Quando Nick e Américo se viraram, deram de cara com um helicóptero já com a porta aberta e Roger McKenzie acenando para eles.

— Vamos! Não temos muito tempo! — Roger gritou, tentando soar mais alto que o barulho das hélices.

— Caraca, Irina! Genial!

A poucos segundos da explosão, eles pularam um a um para dentro do helicóptero e conseguiram sair do prédio logo antes de explosões sequenciais implodirem todo o edifício, enterrando as evidências do projeto maligno de Pemberton.

No *bunker* de Roger, eles conseguiram tomar um merecido fôlego e cuidar dos ferimentos. Poucas horas depois, o avô estava reunindo a dupla para seguir adiante, pois não poderiam perder tempo; os pais de Nick estavam em perigo. Levaram apenas o tempo necessário para colocar Roger a par do que tinha acontecido nos últimos dias.

Américo estava reservando um jato particular da Fundação para irem à Tanzânia, última localização que ele tinha do filho e da nora, quando Irina disse:

— Primeiro temos que passar num lugar que você vai adorar, seu Américo...

— Numa hamburgueria?

— *Ahn*, não...

Liberdade, São Paulo.

A pequena loja de Yoko estava tranquila como sempre no meio da tarde. O carteiro entrou e foi puxando uma caixa de sua bolsa.

— Pacote pra senhora, dona Yoko!

Yoko pegou o pacote, assinou o formulário e permaneceu com a seriedade de sempre, esperando o carteiro sair – o que só aconteceu após ele comentar sobre a própria vida, a dos vizinhos e a do motorista do ônibus que ele pegava para ir e voltar do trabalho; ele era um baita tagarela.

A senhora foi para a sala dos fundos da loja, sentou-se e abriu o embrulho delicadamente. Dentro havia uma pequena caixa de madeira com um fecho simples. Yoko abriu, leu a nota que estava ali dentro, e a fechou novamente, com um sorrisinho no rosto.

— Garota esperta... — murmurou.

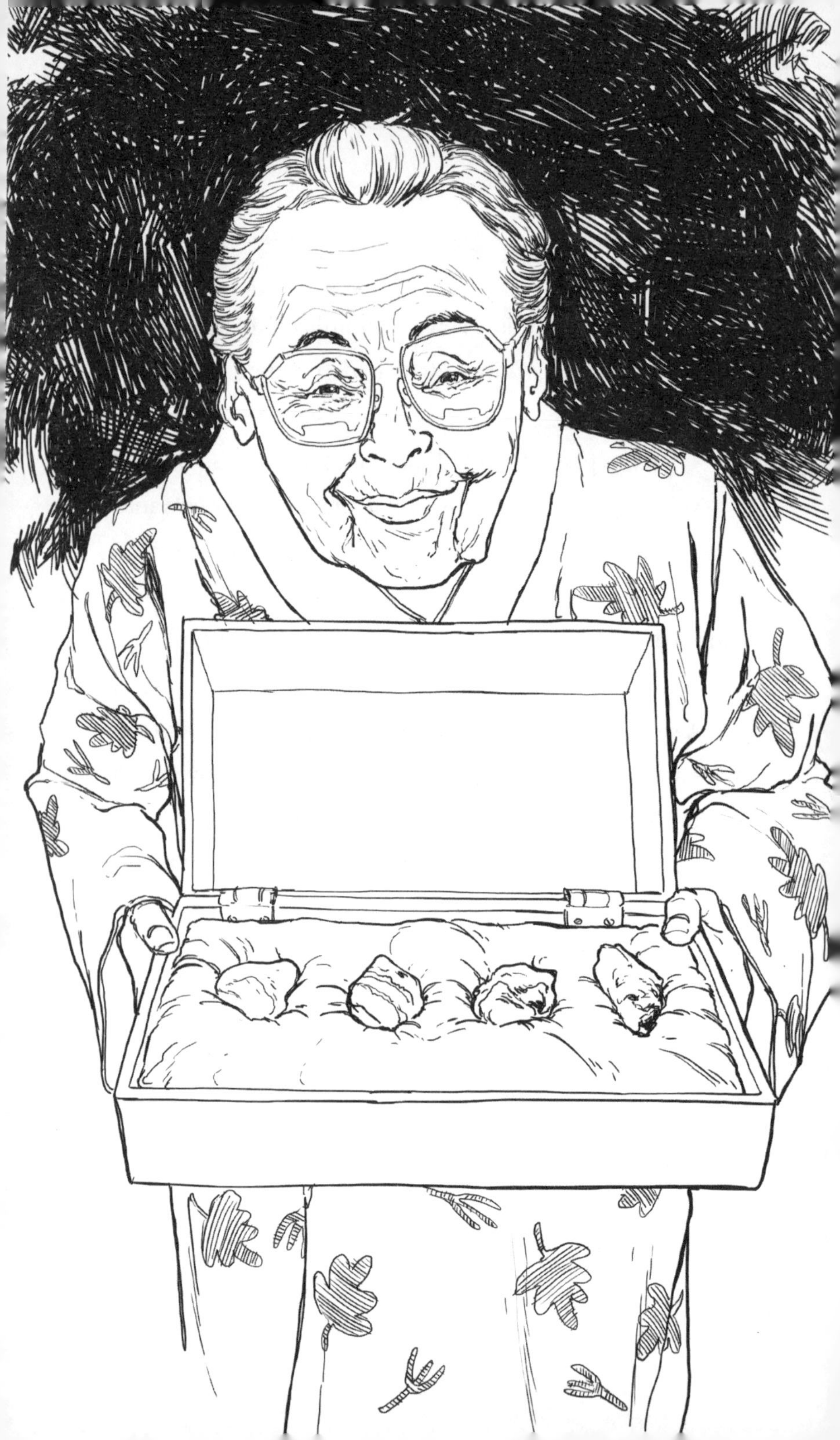

**Acreditamos
nos livros**

Este livro foi composto em Mercury Text G1 e
impresso pela Gráfica Santa Marta para
a Editora Planeta do Brasil em outubro de 2019.